臺南作家作品集

亂世英雄傾國淚

陳崇民 著

《狐說聊齋》之換身．幻生　張瑞宗｜攝影．提供

《狐說聊齋》之換身．幻生　張瑞宗｜攝影．提供

捷创灯光
閣

《蕩寇浮生》　張瑞宗｜攝影・提供

《蕩寇浮生》　張瑞宗｜攝影・提供

《情鎖迷圖》　郝仲平｜攝影．提供

《情鎖迷圖》　郝仲平｜攝影・提供

市長序　文學為鏡而照見古今，人文薈萃乘南風拂來

由文化局所出版的「臺南作家作品集」，自二〇一一年起，每年一輯，今年已是來到第十輯，在過往所收錄並出版的作品集，成冊集結宛如將夜空璀璨閃爍的星芒，十年光景凝縮其中，除了搜羅上一代優秀的文學作品，更鼓勵下一代的在地創作，促使「文學」化為一面明鏡，不只照見文壇的古往今來，也映照出臺南隨時代而變遷的種種樣貌。

臺南敦厚的風土人文，在賢人雅士們的筆耕墨耘下，篤實地刻寫在冊冊扉頁上。幾百年來，隨之所積累出的文藝涵養，有時藉以傳統戲劇的身段、台步，搭配著鑼鼓的喧嘩樂音，生動地演繹了對這片土地的文史情懷；作家們透過小說、散文，書寫在地的日常風景，讓人們對古都的記憶得以延續而流傳；時有詩人朗讀的細軟呢喃之聲，讚嘆著南方季節的更迭與自然環境的萬千變化——歷史如大河奔流、氣勢磅礴；先賢有云：「為天地立心，為生民立命，為往聖繼絕學，為萬世開太平。」時代如巨輪，永恆輪轉——皆是對文化傳承重要的體現，亦是身為後代所應一肩扛起，承先啟後的重任。

此次出版的作品當中，柯柏榮《記持開始食餌》為臺華雙語現代詩，展現臺語及華語的成熟運用流暢精彩，讓更多讀者得以親近臺語書寫；陳崇民《亂世英雄傾國淚》為難得的傳統臺語歌仔戲及布袋戲劇本創作，語言書寫精通純熟、歷史細節考據詳細且人物描繪深入；連鈺慧《月落胭脂巷》臺語小說文筆靈巧生動，劇情跌宕起伏引人入勝；資深作家張良澤教授彙集其創辦的《臺灣文學評論》中的編輯手記《素朴の心》，以及清華大學研究生顧振輝的論文《電波聲外文思漾——黃鑑村（青釗）文學作品暨研究集》，顯見臺南仍有許多尚待發掘的文學作家作品。

臺南是一處人才輩出的沃土寶地，不斷孕育出新一代的創作者，藉以詩歌、散文、劇作、小說等文體，演繹詮釋他們眼中的風景，多元文風和題材也讓臺南的藝文愈發茁壯、弦歌不輟、得以灌溉出這片茂盛蓊鬱的文學之森。人文薈萃如乘南風拂來，期許下一個十年，又見臺南文學枝繁葉茂、花開繽紛之時的到來。

臺南市長

局長序　此時的文學　彼時的人生流轉

南風吹拂，翻動寫滿詩牆的文字，不知不覺便隨風吟唱起悅耳的詩句。我們穿梭於總是鬧熱沖沖滾的古老城市，遙想四百年來的歷史逐一搬戲在野臺上粉墨登場直至一曲終了，心潮仍然澎湃久久無法散去餘韻。屬於這塊土地的語言如蝴蝶般飛舞躍動，落足於紙張上的筆墨化為精采生動的故事。詩、散文、小說、戲劇……許許多多的文學創作在此地滋養茁壯，形成臺南文學的獨特魅力。

時光荏苒，歲月如梭，轉瞬之間臺南作家作品集至今來到第十個年頭。本年度徵集收到十件作品，經審查評選後，最終選出三件優秀入選作品，加上二件推薦邀稿，總計收錄五件優秀作品。

臺語詩人柯柏榮的詩集《記持開始食餌》，字字鏗鏘，擁有能撼動讀者靈魂的穿透力；本名連鈺慧的臺語小說家小城綾子的臺語小說集《月落胭脂巷》，故事取自日常亦回歸日常，角色對白生動活潑，刻畫出世間的百態與人情冷暖；長義閣掌中劇團藝術總監的劇作家陳崇民的戲劇劇本《亂世英雄傾國淚》中收錄的歌仔戲與布袋戲劇本，如自古典的題材與臺灣歷史中穿壁引光，每一幕都讓人目眩神馳、如癡如醉。

而與臺南文學結下良緣的留臺學子顧振輝，其作品《電波聲外文思漾——黃鑑村（青釗）文學作品暨研究集》，是將無線電研究學界的學者黃鑑村，在過去曾發表過的作品重新梳理，替臺灣大眾小說自戰後消失的二十年當中，補上另一段極為重要的史料拼圖。

此外，在臺灣文壇有著舉足輕重的影響力，同時是知名作家的張良澤教授所創辦、編撰的《臺灣文學評論》中，每期為刊物所寫下的編者手記〈素朴之心〉，見證了臺灣文學的演進變化，也將讀者、作者，甚至是編者之心牽繫一起。

除此之外，本次評審入選作品皆為臺語佳作，可見臺語一點一滴地在本市扎根發芽茁壯，終於綻放如鳳凰花熱情、蘭花般優雅的優秀文學作品。母親的語言喚醒我們對鄉土的熱愛，透過文字的傳遞，紀錄人生的過往與未來的期望，並且更加珍重愛惜身邊的人們與事物。

時間流轉不息，臺南的前世今生依舊令人著迷不已。文學穿梭時空活躍於這座歷史悠久的土地，彼此交會形成心中最眷戀的文學城市。

臺南市政府文化局　局長

葉澤山

總序　堅持的力量

文／陳昌明

網路時代，紙本印刷不易，作家作品集的出版亦受質疑。當各縣市作家作品集逐漸落幕，臺南市政府文化局卻能持續挖掘優良作品，堅持的態度才是讓文化生長的力量。

此次作家作品集共有五冊。其中兩冊是推薦邀稿，屬前輩作家的文獻整理出版，一是顧振輝整理的《電波聲外文思漾——黃鑑村（青釗）文學作品暨研究集》，一是張良澤《素朴の心》。徵集則由十件作品中選出三件，分別是連鈺慧《月落胭脂巷》、柯柏榮《記持開始食餌》、陳崇民《亂世英雄傾國淚》。

《電波聲外文思漾——黃鑑村（青釗）文學作品暨研究集》是兩年前清華大學劉柳書琴教授寄來給我，她指導研究生顧振輝發表的論文，我看完後頗為驚訝，這本論文讓我看見日治時期的臺灣劇本與一九五〇年代的科幻預言小說，資料極為珍貴。黃鑑村筆名青釗，曾就讀臺南一中，先後創辦無線電傳習所及《無線電界》，是臺灣無線電技術的開拓導師，其著作影響深遠，此次發現的文學作品在當時有重要開創性。

淡水工商管理學院最早創立臺灣文學系，張良澤教授回臺後，擔任第一代系主任，張教授創辦季刊《淡水牛津文藝》，繼而轉型為季刊《臺灣文學評論》，兩份刊物發行共計十四年。《素朴の心》是從這龐雜的編輯手記中，挑選與時事相關，或重要文學記事，彙集成冊，僅按發表先後排比，略無連貫，卻頗堪回味臺灣文壇的文友交誼。

連鈺慧《月落胭脂巷》，是一部臺語小說集。初審時編輯委員都頗欽佩，筆名小城綾子這位作者的才華，這部小說動人的情節與流暢的語言，讓我們看見臺語小說精采的表現。

陳崇民《亂世英雄傾國淚》，一共收錄了兩個歌仔戲劇本及三個布袋戲劇本，這些精采的劇作早已得過許多文藝創作獎，能在此次作品集出版，也讓作品集在劇本領域更為充實。

柯柏榮《記持開始食餌》詩集，詩的風味迷人，又以「臺華雙語」對照的方式，加上羅馬字註解，讓臺語詩寫作有不同的形式，形成另一種寫作的風貌。

雖然今年因為經費的關係，只能出版五部作品，但只要不間斷，每年都能有這樣的精采佳篇，堅持的力量，會展現文學最動人的風景。

推薦序　他，或有一縷滄桑的老靈魂

文／王友輝（資深劇場創作者，現任臺東大學兒童文學研究所專任副教授兼所長）

崇民是我在臺南大學任教時的碩士指導生，那時，同一個學期裡，他曾選擇下修大學部的「劇本創作基礎」，卻未選修研究所的「劇本創作專題」，我已經不記得當時是否曾經問過他如此選擇的原因，今日後設地想當然爾，或許當年他確實很認真地想要為自已奠定劇本創作的基礎，卻因此埋下了如今一樹繁花的種籽。之後他碩士畢業論文研究的題目則是歌仔戲演員女身男相的角色轉化，老實說，儘管我依然記得是本認真有料的論文，但卻已然忘記論文真正的內容。之後十餘年間與崇民的相遇，多半在劇場裡或是戲棚下，直到前年才因為長義閣掌中劇團而因緣再續。

真的未曾想到畢業後的他，在忙碌教職的空餘時間，竟能一字一句地敲寫起舞臺的劇本，更轉戰各種劇本創作的獎項而成績斐然，這些現代戲劇的劇作，在二〇一五年便收錄於《臺南作家作品集》第五輯《對戲，入戲》之中。今年又有五個劇作再度入選第十輯，更加難得地涵括了兩個歌仔戲劇本和三個布袋戲劇本。我私想，是不是當年歌仔戲的研究，竟挑起他為傳統戲曲創作的使命感？抑或者是因為經常在各地追劇看戲，地泉湧動地觸動了他的創作潛能？如今崇民不僅躋身成為劇本的創作者，甚至成為長義閣掌中劇團專擅的劇作者和藝術總監，如果這是他先前短短兩年研究所，本功修練之外所修得的緣分，我書寫這篇短文，竟是與有榮焉的。

細細品味崇民的戲曲劇本，至少可以體會到他一路以來創作上的三個探求，首先，劇本中臺語的掌握與書寫，如同我在電腦檔案中所找到的、他當年「劇本創作基礎」課程的作業《迌迌人物語》一般，有著濃厚的在地氣口與趣味，這與全然華語書寫之後的「臺語轉譯」，自然有著極大的不同而彌足珍貴；其次，可以意識到他總企圖在傳統題材中納入當代思維，也不斷嘗試運用現代劇場的創作技巧，用以經營傳統戲曲的文本書寫，也總會為演出製作帶來或大或小的創作挑戰，因而能邁出前人所未有的步伐；再者，他有意識地不斷在臺灣歷史的舊簡殘編中，挖掘或新或舊的題材，既有史料研究的爬梳，也有虛構創意的想像，如此一個在戲曲文本中試圖窺探臺灣歷史長河的當代書寫，隱隱呼應著歌仔戲傳統「古冊戲」文本取材與鋪演的脈絡，這恐怕是當代臺灣歌仔戲新編劇本中，相當獨樹一格的創作企圖與氣魄。儘管有時難免筆力有限而經驗仍淺，但努力嘗試的痕跡畢竟留下了不少令人眼睛一亮的成績。

或許，崇民真有一縷滄桑的老靈魂，因而得以在劇本創作的修行中，與歷史及傳統相互對話，而今劇本得以集結出版，當是作場搬演之外，得以讓讀者細細品味字裡行間帶來的劇場想像，相信也可因此找到更多的知音粉絲。

最後，曾經忝為崇民人師，不免多嘴叮嚀一句：倘真的自認是劇本的「父母」，有時似乎可以放鬆一點「教養」的責任感，叨絮之間驀然回首，即可明白，戲之精魂本就自在地玩耍於悠悠天地之中。

22

23

自序

在閱讀這本書之前，先說說我一個老朋友W年少無知時的慘痛經驗。他是個建築設計師，年輕時曾幫一間不甚有名的建築公司蓋過像樣的房子，如今卻與這家地方之霸的公司不相往來。他再三告誡我：「建築和你們文字創作者一樣，都是透過不斷堆砌，反覆推敲，去建構出對世界的想像。我們的一磚一瓦和你們的一字一句都是辛苦產出的，你得透過出版，保護你的作品，別像我那棟傾全力幫人蓋的房子，最後被建商硬生生掛上旗下設計師的名姓。」

於是我被W說服了。創作者應該是作品的父母，基於父母保護子女的義務，我遂了W的意，起心動念，投了臺南作家作品集第十輯的徵選，也很榮幸能夠入選。《亂世英雄傾國淚》一共收錄了兩個歌仔戲劇本及三個布袋戲劇本，其中有三個獲得教育部文藝創作獎，另外兩個則分別為臺南藝術節及大稻埕青年戲曲藝術節的作品。

〈亂世英雄傾國淚〉是我傳統戲劇劇本的創作起點，雖然僥倖獲獎，如今再讀，卻發現有太多不成熟，冗長囉嗦的窘迫。請原諒我仍私心收錄這個作品，畢竟那是我對歌仔戲劇本樣貌的最初想像，是當時在摸索戲曲書寫時應有的羞赧。我相信創作技巧會越寫越嫻熟，但生澀卻理直氣壯的創作經驗，過了就不會再有，我應該用這個作品的熱情鼓勵我，也鞭策我，於是《亂世英雄傾國淚》成了我的書名。

〈情鎖迷圖〉是臺南藝術節城市舞台的作品，當初因演出考量，由合作劇團定名為〈心海迷蹤〉，如今重新將作品集結成冊，就該將劇名改回〈情鎖迷圖〉，回歸當時創作此劇時「以情為網，困守迷圖」的初衷。在此感謝陸昕慈小姐，提出了女主角是「平埔族」，以及以牛皮圈地、換地等想法，幫助我在耙梳史料的過程中有了明確的方向，進而發現許多可供創作的素材。文獻挖掘及整理雖然艱辛，但也逐步建立了我面對歷史書寫時，應有的態度與思考脈絡。

〈苦楝迷情〉看似歌仔戲版的〈情鎖迷圖〉，但去除相仿的戲劇外框及創作旨意後，無論是人物角色的設定、戲劇時空的延展與集中、或是劇種的表現形式都有所不同。我嘗試透過劇種差異，去練習如何以同樣的食材，烹調出異樣的料理。〈苦楝迷情〉佐以獵人與被獵者的觀點，去隱喻文化是如何透過掠奪與創造主流價值，去壓迫邊陲。歷史從來不曾過去，它只會不斷幻化眾相，無限輪迴。

我與長義閣掌中劇團合作至今已有兩年多，這個老團創立於一九四五年，迄今已有七十五年，傳承四代，是臺灣僅存幾團擁有獨立後場的布袋戲團。投稿文學獎只需單打獨鬥，一旦選擇與劇團「長期」合作，逐一浮現的棘手問題便需正視；創作者必須在創作理念與劇團需求中取得平衡，並傾聽劇團聲音，評估劇團的優劣勢，同時適時翻轉劇團慣有的風格與美學，為其編寫出合於劇團的作品。長義閣的優劣勢都在於「老」字，那麼就該「以子之矛，攻子之盾」，用傳統為劍，劃開框架，透過解構與重組，建立屬於長義閣特有的敘事語言，於是我收錄了〈蕩寇浮生〉與〈狐說聊齋〉這兩個劇本，做為長義閣在地書寫與舊典新詮的分別代表。

〈蕩寇浮生〉述說清朝時期李長庚及王得祿等武官追捕海盜頭子蔡牽的海戰悲歌。官方版的臺灣史雖然有系統化的記載，但多數受到政治因素影響，歷史書寫變得真假難辨。然而戲又不是教科書，這麼遙遠的距離，都叫我難以閱讀了，那麼買票的觀眾又該如何下肚？所以以常民的立場解讀，或許才能更貼近歷史的真實。我借用官史所建立的「真實」歷史（有所本）做為故事框架，用人情世故為劇中人物添其血肉，並努力替官史所記載人事物推敲出各種合理化的可能解釋，此時的我，不只是編劇，更像是偵探，歷史也不再是冷冰冰，無人聞問的題目，而是恩怨情仇，血脈賁張的限時搶答。

〈狐説聊齋〉改編《聊齋志異》其中一篇冷門小説〈商三官〉為創作梗概，透過與經典的今昔對話，重新編寫，回應當代人類面臨的困境與認同。這個劇本不僅涉及性別扮演、社會不公、環境生態、情慾窺視等現代議題，更有趣的是，這齣戲強調「變」，故事主軸線即是一段多層次的變身旅程：狐化身為女人報恩、女子為報父仇假扮男子學戲、男子學了小旦功夫色誘敵人……性別扮演的迴圈，除了挑戰主演在生、旦、淨、末、丑五音之間完美轉換，震攝全場的嘴上功夫外，也紮實地考驗操偶師角色行當快速轉變的技巧。

劇本是文學的邊陲，既是難賣，自然很難付梓，感謝臺南市文化局出版《亂世英雄傾國淚》，讓我再次享受到做為一個臺南市作家的光榮；感謝多年來家人的支持與鼓勵；感謝在創作中影響我最深的兩位貴人：王友輝老師和施如芳老師，透過臨摹他們的作品，我偷了一些功夫；感謝許瑞芳老師的推薦，開啟了我與長義閣掌中劇團的長期合作；感謝長義閣掌中劇團打死不怕的冒險精神，讓布袋戲開展更多的可能；感謝張瑞宗及郝仲平兩位攝影師，為這些作品留住瞬間的感動；感謝學妹鍾育紋總是不厭其煩，協助校對臺文用字，如仍有疏漏處，皆怪我老花；最後謝謝我的好朋友W的建議，讓我學會做個稱職的父母，盡一份保護子女的義務，同時也為這些爆肝敲鍵盤的日子留下記錄。

28

29

苦楝迷情

亂世英雄傾國淚

狐說聊齋之換身幻生

蕩寇浮生

情鎖迷圖

歌仔戲劇本

苦楝迷情

二〇一七年 教育部文藝創作獎
傳統戲劇組特優

創作理念

何斌獻水師圖給鄭成功，讓鄭氏家族得以插旗臺灣，並終結荷蘭在臺灣的統治時代。這個一輩子周旋在鄭芝龍、荷蘭及鄭成功權力角力戰的謎樣男人，終其一生，卻只落得歷史的幾撇書寫。

臺灣戲劇史最早的「請戲」史料，與何斌有關；《臺灣外誌》記荷蘭通事何斌「購買官音」，寫道：「這何斌雖有權柄，不敢作威害人，一味和氣。」、「若遇朋友到家，即備酒席看戲，或是小唱觀玩。」，於是對何斌的好奇心油然而生。後再讀荷鄭臺江決戰及當時大員族群的史料，興起重建現場的想法，最後決定以「真實」何斌與「虛構」雲娘的愛恨糾葛，帶入「情場如戰場」概念，將史料重新剪裁、拼組及戲劇化，藉以還原臺江決戰始末，並以「何斌請戲」向臺灣戲劇史致敬。

劇情大綱

何斌是命定的賭徒，周旋於荷蘭政權與鄭氏父子的權力戰之間，最後擔任荷蘭通事數年，成為赤崁首富及漢人首領。

某日，何斌之弟石財寶帶著何斌至江山樓與鄭成功戶官鄭泰會面，討論為鄭成功收商稅事宜，卻也遇見其生命中的女人——雲娘。雲娘是江山樓的歌妓，也是財寶與何斌同時愛上的女人，雲娘以情為餌，讓何斌及財寶同時成為其感情的禁臠。財寶偷出何斌為鄭成功收商稅之帳冊，藉此揭發何斌叛荷之事實，讓荷蘭自廢心腹，何斌也因此遭荷蘭法院通緝而走投無路，雲娘再以保全財產為由，遊說何斌獻水師圖予鄭成功，讓鄭成功順利終結荷蘭統治。一段染血的往事，一場心機算盡的連環計，誰是獵人、誰是獵物，到最後卻怎麼也理不清。

場次說明

第一場　**何斌傳奇**

何斌勸弟弟財寶勿沈迷酒氣財色，財寶則告知自已為何斌搭上鄭成功戶官鄭泰一事，並約定於江山樓討論雙方合作收商稅事宜。

第二場　**雙面斌官**

何斌允諾鄭泰為國姓爺鄭成功收商稅，從此成為荷蘭與鄭成功兩方的雙面間諜。

第三場　**迷濛之夜**

何斌在酒酣耳熱中，被雲娘幽婉卻心疼的歌聲吸引。雲娘這個謎樣的女人，背負著血海深仇，委身江山樓，等待復仇。

第四場　**午夜夢迴**

雲娘得知財寶對何斌有恨，便藉題發揮，遊說財寶偷何斌為鄭成功收稅之帳冊。

第五場　**愛恨共生**

雲娘由何斌的醉言中得知，何斌一生帶著悔恨而活，不由心生憐憫，但卻又對其恨之入骨。雲娘知道，此時殺他仍不是時候。

第六場　**情場戰場**

何斌因叛荷而遭通緝，財寶向何斌通風報信，而被逮捕。何斌欲帶雲娘逃離，雲娘以情為餌，要何斌獻水師圖給鄭成功，最後鄭成功終以一紙水師圖，攻臺成功。

第七場　**兩敗俱傷**

何斌迎娶雲娘，並請戲十天。台上演出的是《薛丁山與樊梨花》的傳統喜劇，台下搬演的卻是一齣令人心碎的悲劇。

尾　聲　苦楝花落

「飛鳥盡，良弓藏；狡兔死，走狗烹。」，何斌最後行蹤成迷，徒留一陣欷噓。

人物說明

何斌

生卒不詳，泉州南安人氏，先後周旋於鄭芝龍、荷蘭及鄭成功三大勢力間，擔任荷蘭通事，並為赤崁首富及漢人首領。因協助鄭成功收商稅，遭荷蘭法院通緝，最後獻水師圖，助鄭成功順利攻臺。

（回憶場：何斌少年好賭，因賭到一無所有，讓指腹為婚的未婚妻阿芸被擄走抵債，至此過著被良心譴責的生活。）

雲娘

江山樓之歌妓。自襁褓時，因為荷蘭兵屠殺麻豆社，被他的Sama（父親之意）帶離故鄉，後因何斌的詐術，而導致家破人亡，為求生存，委身江山樓。雲娘以美人計操弄何斌及財寶的情感，暗助鄭成功攻佔臺灣。

（回憶場：小雲即是雲娘小時候的稱呼。）

石財寶　阿芸的弟弟。因阿芸遭擄，跟著何斌至大員發展，敬重何斌，內心卻又帶著恨意，倚靠何斌生活，看起來雖是典型紈絝子弟，但個性仍有些憨傻可愛。因迷戀雲娘，而被雲娘利用。

（回憶場：小財寶即是財寶小時候的稱呼。）

Sama　西拉雅語父親之意，在此特別專指為雲娘之父。麻豆社事件發生時，帶著小雲隱姓埋名過日，後因中了何斌之計，土地將被沒收，最後奮起抵抗，慘遭槍殺。

鄭泰　國姓爺鄭成功的戶官，遊說何斌協助國姓爺收商稅，同時也是雲娘美人計的策劃人。

春姨　江山樓老鴇，八面玲瓏。

管家　受雇於何斌，忠心耿耿。

阿芸　石財寶親姊姊，何斌指腹為婚的未婚妻，因何斌欠賭債，而遭擄走。

其他　鄭成功、荷蘭指揮官、媒婆、押解官等各一演員。飾演《薛丁山及樊梨花》的戲曲演員二名。歌妓、江山樓客人、荷兵、番人、混混、鄭家軍、轎夫、看戲民眾數名。

創作背景

因何斌生平鮮少記載，單以何斌鋪陳情節恐顯乏味，故編寫時特別在史實的架構上，加入虛構人物，如雲娘、石財寶等，進行戲劇化的情節書寫，希望能達到史實與虛構共陳、幻想與考據並重的效果。

關於麻豆社事件

一六二九年　夏　　麻豆社番人藏匿海賊。（史實）
一六二九年　七月三十一日　　於麻豆溪溺殺荷蘭兵。（史實）
一六三五年　十一月　　荷蘭軍隊集體屠殺麻豆社。（史實）
同年雲娘出生。（虛構）

關於何斌

生卒年未知、漢文史料記載不多，事蹟成謎。
一六二八年　　來臺。（假設何斌來臺時十六歲）
一六四八年　　擔任荷蘭通事。（何斌三十六歲，小雲十三歲）

同年何斌掠奪小雲（十三歲）一家最後的立錐之地。（虛構）

一六五七年　戶官鄭泰向鄭成功提出商稅建議。（史實）

何斌與雲娘重逢江山樓。（虛構）

何斌四十五歲，雲娘二十二歲。（虛構）

一六五九年　荷蘭人發現何斌為國姓爺收商稅，於是投靠國姓爺。（史實）

一六六一年　投奔鄭成功。（史實）

一六六二年　結束荷蘭統治。（史實）

第一場
何斌傳奇

場景：何宅

人物：何斌、財寶、管家

幕　後：【唱】閒雲潭影日悠悠，物換星移幾度秋，

紅面終成龍涎酒，孺子已是滿面鬚。

商場通譯十數年，政壇知勢搶先機，

運籌帷幄謀萬利，赤崁斌官是傳奇。

管　家：頭家，差人前往泉州南安已經兩個外月，目前猶原揣無阿芸小姐的下落。

何　斌：無路用的跤數，揣遮濟年，揣無一个人！全是一寡酒囊飯桶，就算是共規个泉州反過來，嘛是愛共我揣出來……

管　家：是……

（管家退下。）

何　斌：（感嘆）阿芸……你這馬好無？

（石財寶入，見滿目瘡痍。）

財　寶：阿兄，是啥人閣惹你受氣？看你憂頭結面，目頭結規虯……

何　斌：無啥啦……天氣燒唿唿，火氣大……

財　寶：事業做遮爾大，逐工遮爾緊張，按呢對身體無好。來，我悉你來去鬆一下！

何　斌：財寶，你正經代誌攏毋做，規工花天酒地，講也講袂聽！這擺你是閣欲去佗位？

財　寶：這擺毋是我，是咱！我悉你來去江山樓，順紲悉你熟似我心目中的女神。

何　斌：我無興趣，而且我嘛無相信你的眼光。

財　寶：你毋相信我無要緊，我相信江山樓遐的媠姑娘的眼光就好！

【唱】像我這範的遮緣投，毋驚無小姐通好交，

何　斌：【唱】酒色財氣江湖走，千金散盡目屎流。

財　寶：【唱】幼齒熟女我攏包，戀愛約會我上勢，

何　斌：【唱】人是愛你現金厚，背後笑你大癮頭。

財　寶：著、著、著，全世界就是阿兄你的眼光上好，按呢，這擺你愈應該愛來……

何　斌：按怎講？

財　寶：國姓爺鄭成功的戶官鄭泰提手諭來揣我，愛我替伊牽這條線，共恁兩个鬥疏通一下。鄭大人講欲佮你合作一件大事業！

何　斌：（大笑）講著生理，我就有興趣……財寶，這擺你做了誠好……

財　寶：為著這擺的合作案，你毋知影我逐工佇江山樓踅過來，踅過去，酒錢、飯錢、包廂費，無所不致的費用，是濟甲若貓仔毛，連歇暝攏毋敢轉來厝睏，真正是用心計較！

何　斌：所以……你是欲共我講你又閣無錢矣？

財　寶：阿兄，你嘛知影行踏江湖，錢雖然毋是萬能，毋過無錢真正是萬萬不能！世間攏是用錢咧做人，這嘛是你教我的。（摸口袋）你看，你提予我的錢已經開甲焦焦焦！

何　斌：你……（無奈，語塞）我實在予你氣死！趁錢龜爬壁，開錢水崩崎，這个道理你應該愛了解……

財　寶：阿兄，啥人毋知你是赤崁斌官，財產濟甲若山，哪有可能開會完？免受氣，免受氣，等一下咱來去江山樓，保證予你提神、醒腦、心涼脾肚開……

（燈暗）

第二場　官斌面雙

場景：江山樓

人物：何斌、財寶、鄭泰、雲娘、春姨、歌妓數名、客人數名

（江山樓鶯鶯燕燕，送往迎來，春姨忙著招呼客人，樓內春意盎然。）

春　姨：【唱】江山樓內溫柔鄉，環肥燕瘦理紅妝，
眼角留情秋波送，紙醉金迷春意濃。

客人1：【唱】文人佇遮比詩詞，

客人2：【唱】好漢佇遮展功夫，

客人3：【唱】官商佇遮撨大事，

春　姨：來……來……來……【唱】遮是恁的安樂居。

歌妓1：【唱】青樓少女齊扮笑，

歌妓2：【唱】紅粉嬌娥漫步搖，

歌妓3：【唱】千嬌百媚情意表，

眾歌妓：（回眸一笑）【唱】無數英雄競折腰。

（何斌、財寶入。）

財　寶：阿兄，你看，遮袂輸天堂……

何　斌：嗯……實在真鬧熱。

財　寶：我欲來去揣我的女神矣……

何　斌：財寶，正事要緊！

財　寶：阿兄，你這个人有影不解風情，只愛權勢，無愛美人。

（兩名歌妓見石財寶，對其投懷送抱。）

歌　妓：（齊）石公子，你來矣……阮等你足久矣……

歌妓1：【唱】我是福爾摩沙第一名，溫柔古錐笑面迎，
怎堪放我過獨夜，吹風曝日兼顧車。

歌妓2：【唱】我是赤崁選美的頭名，妖嬌美麗迵全城，
你我天生鴛鴦命，趕緊悉我見娘爹。

歌妓1：石公子，你講，阮兩人是毋是我較媠？

歌妓2：財寶哥哥，我毋管啦……你一定愛選我！

（歌妓醋勁大發，針鋒相對。）

財　寶：好矣……好矣……（打圓場）攏婧，攏佮意……（炫耀）阿兄，你看，您的眼光才是著的……

（歌妓持續爭執，春姨突然入，刹時鴉雀無聲。）

春　姨：是啥物人佇遐咧吵吵鬧鬧？（頓）原來是恁二个啊……

【唱】一个是喙歪目睭斜，一个是腫甲若釋迦，

看恁愈看愈討厭，趕緊共我去罰徛。

（歌妓兩人嬌嗔的哼了一聲，不情願地下場。）

財　寶：（偷偷地）春姨仔，我的雲娘咧？

春　姨：（安撫）石公子，你小等一下，伊隨來……（疑惑）這位是？

財　寶：春姨，你是真毋知，猶是假毋知？毋捌伊的人，現在攏無去矣……

春　姨：（天真）搬厝是無？

財　寶：無啦……（嚇唬）墓仔埔攏發草矣……

春　姨：（發覺被騙，撒嬌）唉呦，石公子，七月時仔莫按呢嚇驚人啦！

何　斌：財寶，你毋通閣共春姨仔創治矣！

財　寶：你聽予好，徛予在，伊是頂港有名聲，下港上出名……（頓）

我石財寶的阿兄！

春　姨：（敷衍）喔……（拍手比讚）有出名……

財　寶：我猶未講完，另外一个身份，就是荷蘭斌官—何斌通事。

春　姨：唉呦，石公子，你嘛一擺講予煞……（請罪）老身有眼不識泰山，毋知影佇我面前的這个緣投仔桑竟然是一个大人物，請何斌大人赦罪。

何　斌：（大笑）無要緊，小事一層。

財　寶：春姨仔，愛你安排的代誌，你辦了怎樣？

春　姨：（故意捉弄）你是講……（曖昧）『那個喔』？

財　寶：毋是啦……是鄭泰大人交代的代誌。（害羞，像個小男生）我佮阮雲娘……唉呦……你共伊講，雖然我外表風流，毋過我對伊是真心的，伊暫時無接受我無要緊，我會一直等伊，因為伊是我性命中的女神。

春　姨：好啦……石公子，你交代的代誌，我一定會共你處理甲好勢好勢……鄭大人已經來矣，何斌大人、石公子，彼爿請……

（燈光轉為幽微，鄭泰與蒙面的神秘女子——雲娘對話。）

鄭　泰：大魚已經泅入甕仔內，紲落去欲煎欲煮，著愛看你的本事矣……事成了後，國姓爺絕對袂虧待你……

雲　娘：我無需要任何賞賜，只要會當成功，就算是愛我犧牲性命，我嘛甘願……

鄭　泰：軟塗曝久嘛會焦，只要咱按照這个計謀，成功應該是無問題，毋過聽鄭大人一句勸，搬戲的人上驚搬甲牢戲，身在亂世，千萬不可兒女情長……

雲　娘：無可能！相信我，我是一流的獵人，我絕對袂放過手中的獵物。

（燈漸亮，只剩鄭泰獨自在場。春姨帶眾人至密室。）

財　寶：春姨，鄭大人猶有要事欲佮阮阿兄參詳。咱莫去攪擾著伊，你焉我去揣阮心愛的。

春　姨：（捨不得）毋過遮攏無人招呼……

財　寶：（看破心思）無需要啦！若有，嘛無應該是你！行！咱來去揣雲娘……

（春姨被財寶推出門外，臨走前回頭喊著。）

春　姨：（撒嬌）兩位大人，等我，我隨來……

（春姨、財寶下。）

何　斌：鄭泰大人，如今此處已無他人，有啥物代誌，但說無妨……

鄭　泰：本官是帶著國姓爺手諭而來。國姓爺知曉何斌通事處事幹練，進退有宜，加上對大員的政治、經濟，以及水文地理攏有相當的了解，所以國姓爺欲請你協助伊徵收商稅。

何　斌：如何徵收？對象為何？

鄭　泰：只要對大員到廈門交易的所有貨船，一律先佇大員抾稅，這叫做商稅。國姓爺會予你手令，方便你替國姓爺佇大員徵收稅款，商船愛向你納清稅款了後，才會當憑藉收條出船。

何　斌：我有啥物好處？

鄭　泰：佇荷蘭人下跤做官遮爾久矣，有啥物好處，你加減攏嘛知，若無，一个小小通事哪有可能富可敵國。

（何斌與鄭泰有默契地相視而笑。）

何　斌：【唱】我若替國姓爺鬥收稅，親像野狼穿羊皮，

鄭　泰：【唱】財產連鞭變雙倍，趁錢趁甲開心花。

何　斌：【唱】我是赤炭首富濟家伙，哪著吃內扒外鍋？

鄭　泰：【唱】牌局上好雙跤綴，雞卵仝籃驚落衰。

恬恬仔做，毋通講，按呢荷蘭人就毋知影，而且……得失著國姓爺嘛毋是一件好代誌。

何　斌：你……（瞬間軟化，大笑）感謝國姓爺的賞識，下官肝腦塗地，誓死忠誠。

鄭　泰：來，為福爾摩沙啉一杯。

何　斌：乾杯。

（燈暗）

54

55

第三場
夜之濛迷

場景：江山樓後院
人物：何斌、雲娘、春姨（現實場）
　Sama、小雲、荷兵數名、麻豆社番人數名（回憶場）

雲　娘：【唱】昨暝苦楝花飄零，離了樹椏失了形，
　　風雨無情夜淒冷，可憐落花獨伴星。
　　世態炎涼名利枷，世道崎嶇踏馬蹄，
　　戲假情深難抽退，紅顏淚垂麻豆溪。

（雲娘抬頭望明月，燈光轉換，進入回憶片段。）

（Sama正在製作箭毒，小雲好奇地看著。）

小　雲：Sama，你提苦楝仔子是欲創啥物？
Sama：做箭毒啊……等一下拍獵欲用的。
小　雲：Sama，你教我按怎做，我嘛想欲鬥相共。
Sama：戇囡仔，你莫看苦楝花清芳淡雅，其實伊的樹皮佮樹根攏有毒，尤其是子上蓋毒，所以囡仔人是袂當烏白摸的。

小　雲：苦楝仔實在真有個性。

Sama：小雲，你敢知影Sama為啥物特別佮意苦楝樹？

小　雲：我毋知，你毋捌講過……

Sama：我佮恁Dena（平埔母親之意）是佇苦楝樹跤互為牽手的，猶未離開咱故鄉麻豆社進前，社內有一欉老苦楝，無論花開猶是花落，恁Dena攏會坐佇苦楝樹跤等我拍獵轉來，所以這馬我若是看著苦楝仔，我就會想起恁Dena。苦楝仔其實誠冤枉，因為伊的名聽起來佮可憐誠仝音，就予漢人認為是不祥之樹，這種被誤解的出身，就佮咱現在的處境仝款。

（草叢晃動，發出聲響。）

Sama：噓！親像有動靜……

（Sama拉弓，射中一頭母鹿。）

小　雲：Sama，你誠厲害，你射著鹿仔矣……

Sama：小雲，田螺含水過冬，只要咱願意等待，獵物就會出現……

（小鹿跑至母鹿旁舔舐，Sama欲拉弓射向小鹿。）

Sama：今仔日真好運，又閣來一隻！

小　雲：（阻止）Sama，毋通啦……恁阿母已經予咱射死矣……伊猶閣細漢，我會毋甘！

（Sama將箭射向天空，然後蹲下和小雲說話。）

Sama：小雲，欲做一个一流的獵人，就袂當看獵物的眼神，一旦你佮伊眼神相對，你就會軟心，按呢這場比賽，你就輸矣……

小　雲：輸就輸，按呢對待鹿仔囝傷過殘忍矣！

Sama：小雲，這是一个人食人的世界，群族之間攏是無平等的，欺壓、殺戮從來毋捌停止，咱是獵人，其實咱嘛是別人的獵物。當初時荷蘭人滅咱麻豆社，害咱家破人亡，恁Dena嘛佇這場屠殺事件中重傷而亡。這是我心內永遠的痛，永遠好袂離的傷痕……

（舞台重現荷兵大舉屠村，番人逃亡的的血腥景象。）

幕　後：【唱】荷軍壓境展雄威，滅社命運難轉移，
血流成河染鄉里，伏屍遍野如鬼墟。

（屠殺場面慘烈，血海腥風，徬徨鬼魅哀聲泣訴。）

眾　人：【唱】生不同時死同期，奈何橋上訴哀悲，
滿腹恨意難消去，血債控天淚滿池。

（燈暗，屠殺場面消失。）

Sama：當時的你只是一个幼嬰，我共你抱咧，逃離麻豆社，從此隱姓埋名，改漢名，學漢俗，如此忍辱偷生，只是希望咱會當過一寡平靜的日子。

Sama：【唱】掩掩揜揜藏人群，學習漢俗佮漢文，
毋敢暴露咱身份，咱敢猶是祖靈的囝孫？

小雲，你愛記得，咱族人的血脈、阿立祖留落來的根基，千萬袂當消失！猶閣有，這段血海深仇，你一定愛記得……

（何斌腳步踉蹌，發出聲音，燈光轉換，回至現實場。）

雲　娘：啥物人鬼鬼祟祟覕佇遐？

何　斌：姑娘，在下只是一个過路人。
雲　娘：覕佇暗處，不行正道，我看你一定是宵小之徒。
何　斌：我是予一陣迷人的歌聲所吸引，才會不知不覺行到此地。
雲　娘：江山樓處處皆是天花亂墜之人，我聽真濟矣……
何　斌：我講的是實話，對你講白賊，我嘛無啥物好處！
（何斌仔細地把雲娘看了一回，雲娘回看何斌一眼。）
雲　娘：【唱】滿腹激憤氣難解，十年往事心中埋，
　　　冤家路窄引殺戒，猶原笑面佯毋知。
何　斌：【唱】伊的眼神真熟似，親像故人天涯來，
　　　心內有愛第一擺，一時失魂變孝呆。
雲　娘：喂！你敢毋知影對一个查某囡仔金金看是一件真失禮的代誌？
（何斌無回應，反而自言自語起來。）
何　斌：你有一雙佮阿芸仝款的大跤。
雲　娘：大跤又怎樣，出身輕賤的歹命人本來就無資格縛跤。
何　斌：自然才是真正的媠。
雲　娘：你真勢拍抐涼，分明就是偽君子！女人縛跤，攏是男人害的。

何　斌：恁女人欲縛跤，哪會當怪阮男人？

雲　娘：女人會縛跤，嘛是為著欲滿足恁遮男人愛看阮搖搖擺擺，看起來軟弱的好笑心態。

何　斌：你的想法真特別，佮其他女人無仝。

雲　娘：【唱】有錢大爺重名利，迎新棄舊愛一時，
歌妓也是平凡女，執子之手過長年。

何　斌：【唱】無分大爺抑歌妓，毋管做官抑掠魚，
我佮姑娘仝心意，平安幸福湠新枝。
揣著一个人，牽伊的手一世人，這種向望是無分男女。

雲　娘：【唱】雲娘身陷煙花池，思想難免會蹺敧

何　斌：【唱】環境總是難由己，有時歡喜有時悲。

雲　娘：連公子遮爾有身份地位的人，也會身不由己？

何　斌：【唱】轉彎踅角紡風帆，傍官靠勢掌大權，
身不由主輪迴轉，人生難得幾度歡。
今夜你我相談甚歡，毋知敢有這个榮幸成為姑娘的知己？

雲　娘：我是江山樓的歌妓，啥人有錢，啥人就是我的知己。
（春姨入，見兩人眼神流轉，感覺不對勁。）
春　姨：【唱】兩仙尪仔相對排，眉來眼去電無哀，
我看兩人有曖昧，向前打探才應該。
何　斌：請問姑娘芳名？
雲　娘：阮叫做雲娘……
春　姨：（介入）何斌大人，我佮財寶哥哥規个江山樓揣透透，就是揣
無你，原來你佇遮佮阮雲娘約會……
何　斌：春姨，阮是初次見面，毋通烏白講……你先落去，我隨後就到。
春　姨：（撒嬌）較緊咧，等你喔……
（春姨下）
雲　娘：（刺探）原來你是大名鼎鼎的何斌通事！
何　斌：是，在下何斌。真歹勢，予姑娘你看笑話矣，何某在此向雲娘
姑娘會失禮，何某他日再訪……
雲　娘：萍水相逢就是有緣，你我他日再相會……何斌大人請……
（何斌下，雲娘內心激憤不已。）

62 雲　娘：【唱】晴天霹靂天地旋，泣血杜鵑訴沉冤，
天倫夢碎肝腸斷，誓將血債血來還。

63 （天空打了一個悶雷，燈暗。）

第四場
午夜夢迴

場景：雲娘閨房
人物：雲娘、財寶（現實場）
青年何斌、Sama、小雲、荷兵數名（雲娘回憶場）
少年何斌、阿芸、小財寶（財寶回憶場）

（燈光幽微，營造出雲娘的夢境。）

何　斌：（拿起契約書）恁看予詳細，契約書寫啥物，自立契起，不得「不」將名下所有財產讓渡予何斌。來人啊，將您一家伙仔趕出去！

Sama：你竟然竄改契約書，你這个荷蘭人的走狗！

小　雲：為啥物欲按呢欺負阮？

Sama：【唱】土地予紅毛仔來搶走，強徵勞役目屎流，
　　　　　　　蹼社共人食夠夠，牙斷摻血也著吞落喉。
　　　　　　　進無可進退無路，日炎雄雄變天烏，
　　　　　　　雙面刀鬼用暗步，流離失所厝變糊。

莫以為阮麻豆社人好欺負！恁遮敕人血的禽獸，我欲佮恁拚命！

（Sama孤身奮力抵抗荷兵，場面陷入混亂。）

幕　後：【唱】肉身抵擋天不公，欲佮土地共存亡，
番人毋驚命來喪，寧死不屈見閻王。

何　斌：【唱】與虎謀皮為權勢，爭名奪利來起家，
喙甜心烏做奸細，難得落眠睏規暝。
唉呀……咱愛的只是土地，千萬毋通鬧出人命……

（一顆子彈貫穿Sama身體，他忍住不讓自己倒下，奮戰到最後一刻。）

Sama：【唱】叫一聲小雲我心肝，Sama著欲魂歸山，
毋通悲傷設香案，堅強才能擋風寒。

小　雲：【唱】叫一聲Sama我爹親，感謝你晟養的慈恩，
保重身體上要緊，等待日後將冤伸。

Sama：已經袂赴矣……小雲，你愛好好活咧，為咱阿立祖留一條血脈。

（Sama氣絕身亡，小雲跪坐在Sama身旁，所有槍枝轉而對準小雲。）

何　斌：好矣！放伊煞……

荷　兵：何斌大人，你愛考慮清楚，伊是麻豆社的餘孽……

何　斌：咱愛的只是土地，無必要做甲遮爾絕，而且伊只是一个囡仔！

既然任務已經完成……咱，就來走矣……

（何斌率眾離開。）

小　雲：（站起，大喊）何斌，你這个名，我會永遠記咧。

（雲娘大喊一聲Sama，燈光瞬間轉換，雲娘從睡夢中驚醒。）

雲　娘：Sama，我足想你……

（財寶急促敲門。）

財　寶：（緊張）雲娘，你是怎樣？敢有要緊？

（雲娘下床，打開房門。）

雲　娘：無要緊，只是做惡夢爾爾……石公子，想袂到你竟然規暝無睏，守在門外，真是予我足感動。外口更深露重，趕緊入來啉茶。

（雲娘引財寶入內，招呼喝茶。）

財　寶：雲娘，我敢是咧眠夢？你竟然予我入你的閨房。

雲　娘：我相信石公子你是一个正人君子，絕非謠言所傳的花花公子。

財　寶：這是當然的！我咒誓，我對雲娘你一往情深，絕無二心。

（雲娘哭泣，財寶顯得手足無措，緊張起來。）

財　寶：是按怎咧哭？

雲　娘：雲娘想著過去，不由得悲從中來。阮一生命薄，會當拄著像石公子遮爾有情義的男子漢，雲娘真是三生有幸。

財　寶：（喃喃）奇怪？雲娘哪會突然間親像變成另外一个人仝款，對我遮爾溫柔體貼……昨暝我是毋是啉傷濟，閣咧醉？（對雲娘）雲娘，毋通哭，你敢知影，我甘願為你死，嘛毋甘看你流一滴目屎……我財寶雖然無法度參與你的過去，毋過從今以後，我會永遠保護你……

雲　娘：只驚你是暫時的空喙哺舌，你欲用啥物保護我？

財　寶：用銀兩啊……我有的是錢，我逐工共你包場，予人無法度接近你……

雲　娘：你敢有這款財力？你敢拚會過何斌？

財　寶：這……你哪會提阮阿兄佮我比？敢講你愛的是阮阿兄？

雲　娘：何斌伊年長多金，你少年有才智，恁兩人當然是無法度比較。我佮伊嘛只有數面之緣，對伊並無了解，（含情脈脈凝視財寶）

毋過我知影你才是雲娘這世人上值得倚靠的男人，只不過……

財　寶：只不過如何？

雲　娘：這江山樓畢竟是日擲千金的所在，佇遮，金錢代表一切……

財　寶：錢無問題，阮阿兄會予我……這是伊欠我的，這世人，伊虧欠
我傷濟，還嘛還袂完……

雲　娘：你哪會按呢講？

財　寶：【唱】我的親阿姊石阿芸，伊佮何斌指腹為婚，
何斌愛跋輸甲無本，連夜𤆬阮鼠竄狼奔。

（財寶回憶畫面：少年何斌帶阿芸及財寶要逃亡，被一群混混攔下。）

混　混：何斌，欲走佗位去……
【唱】欠錢還錢是盡本分，無錢你免想欲求生存，

何　斌：【唱】閣予我一注我就翻本，

混　混：無錢，你就留下一跤一手，若無……（望向阿芸）若無，就掠這
个媠姑娘仔抾數……

阿　芸：（驚恐）【唱】我凊汗直流，滿身傷痕。

何　斌：【唱】進退兩難陷絕境，

混　混：【唱】莫閣躊躇揮跛反，
阿　芸：【唱】恐驚何郎喪了命，我……我……我……
（猶豫）我得獻身拄數將債還。
混　混：來人啊，將姑娘仔悉走……
阿　芸：何斌，財寶以後靠你矣……
（何斌怯懦，不忍多看一眼，財寶前去拉扯，反被混混推倒。）
財　寶：阿姊……
（何斌欲扶起財寶，財寶卻狠甩何斌的手。）
財　寶：（怒吼）你還我阿姊！
（燈光轉換，回到現實場。）
財　寶：伊害我失去一个親阿姊，伊欠我的，一世人攏還袂完……
雲　娘：財寶，人予你錢，佮你家己有錢，這兩項是無仝的。何斌會有這馬的財產佮權勢，是用恁阿姊的不幸換來的，所以伊的錢應該攏是你的，你應該愛共伊提過來！
財　寶：聽起來真有道理，按呢我欲按怎做？

雲　娘：將何斌替國姓爺收商稅的數簿偷出來！江山樓是三教九流出入的所在，我自然有門路將伊的財產讓渡予你，如此一來，你就是全赤崁上有權勢的好額人。

財　寶：這……（猶豫）毋過伊晟養我大漢，共我當作是親小弟看待，我按呢做毋就是恩將仇報？

雲　娘：恩佮仇，自古以來就是難分難解，只要你有伊的財富佮權勢，將來我就是你的……

財　寶：好，我欲做好額人，我欲娶你做我的某囝，雲娘，我答應你！

（燈暗）

第五場
愛恨共生

場景：江山樓
人物：何斌、雲娘、歌妓數名、客人數名
（何斌夜宴江山樓，眾人在尋歡嬉戲中漸下，只剩何斌獨自飲酒。）
何　斌：【唱】征戰商場弄喙花，人心難測隔肚皮，
　　家財萬貫轉眼過，市道之交走若飛。
（雲娘入，何斌醉眼迷濛。）
何　斌：【唱】月色朦朧人帶愁，伊是阿芸抑雲娘？
　　阿芸，實在真歹勢，這十幾年來一直揣無你……我盡力矣……
　　請你原諒我當初的軟弱佮自私，其實我每工攏是受著良心的譴責，痛苦不堪。
雲　娘：【唱】跤踏雙船採花蜂，花蕊採了換別欉，
　　言不由衷留空縫，借問阿芸是啥人？
何　斌：原來你是雲娘……
　　【唱】請你聽我講詳細，阮是無緣的夫妻，

雲　娘：【唱】人清白之身來入嫁，你怎堪無恥相挨推。
你真是一个予人反胃的雙面人！

何　斌：【唱】阮無拜堂入洞房，愛佮責任不相同，
疼惜竹馬情難忘，天涯海角尋無蹤。
初次見你情已傾，才知世間有愛情，
拜託月娘來做證，牽你的手過一生。

雲　娘：【唱】酒醉毋通講笑詼，
何　斌：【唱】我用真心來交陪，
雲　娘：【唱】飛蛾投焰袂後悔？
何　斌：【唱】散盡家財綴你飛。
我願意用我這世人的成功，換取愛你的機會。

（何斌吐完，醉倒在地。）

雲　娘：【唱】看伊痛苦當歡喜，哪會雄雄心傷悲，
敢是為伊動情意，夜半吟唱無緣詩。
我哪會對伊有一種憐憫之心？無可能！伊是害我家破人亡的兇手，我愛報仇！

（雲娘拿出匕首，欲刺向何斌，突然又收起刀。）

雲　娘：袂當，伊猶袂當死，伊猶有利用的價值。

【唱】滅門抄家傷天理，一刀斃命太便宜，
恨海難填情為餌，虛情假愛來凌遲。

（燈暗）

74

75

亂世英雄傾國淚

第六場
情場戰場

場景：江山樓／臺海戰場
人物：何斌、財寶、娘、荷指揮官、荷兵數名、鄭成功、鄭軍數名

（何斌、雲娘分處Ａ、Ｂ兩個光圈。）

（光圈Ａ）

何　斌：【唱】情是折磨愛是苦，我為伊癡狂變愛奴，

（光圈Ｂ）

雲　娘：【唱】出身貧寒如朝露，阮毋敢攀交有企圖。

（光圈Ａ）

何　斌：【唱】伊滿腹心事為何故，我見猶憐實無辜，

（光圈Ｂ）

雲　娘：【唱】我表面生疏暗思慕，夢中佮伊行仝途。

（光圈Ａ）

何　斌：【唱】生理場上拚英雄，暗夜空虛滿是傷，
牽腸掛肚萬般寵，換無冰山何時融。
雲娘，明明你的眼神透露出對我的感情，為何閣對我冷如

冰霜？

（光圈B）

雲　娘：【唱】蒼茫過往成荒塚，由恨轉愛罪難容，
愛恨共生雙爿漲，天人交戰怎善終？
生在亂世，絕對袂當兒女情長，何斌，我……（頓）無可能愛你……

（光圈B漸收）

（何斌與財寶分處Ａ、Ｃ兩個光圈。）

（光圈Ｃ）

財　寶：阿兄，你替國姓爺收商稅的代誌，已經傳到荷蘭人的耳空，你緊走，毋通予怹掠著。

（光圈Ａ）

何　斌：財寶，為啥物你欲反背我？

（光圈Ｃ）

財　寶：我嘛毋知影代誌會舞甲遮大條。

（光圈Ａ）

何　斌：是毋是背後有人指使你？

（光圈Ｃ）

財　寶：（停頓、迴避）無，是我家己欲按呢做的……是因為……因為……（硬謅理由）這種代誌早慢會煏空……我無想欲予你連累……（委求）阿兄，拜託你，緊走好無？紅毛兵欲來矣，閣慢，就袂赴走矣……

（光圈Ａ）

何　斌：（心死）好，財寶，我了解，從今以後，咱就是生份人，你保重……

（何斌光圈幽微，財寶向其背影揮手告別。）

財　寶：【唱】怨恨你犧牲阿姊求脫身，感謝你多年待我手足親，如今兄弟的情份到遮盡，（吶喊）阿兄，你保重……

【唱】你是我上恨上愛的大恩人……

（荷兵上，欲帶走通風報信的財寶，光圈Ｃ在荷兵與財寶的拉扯中漸收。）

（何斌、雲娘分處Ａ、Ｂ兩個光圈。）

（光圈Ａ）

何　斌：荷蘭的法院判決書已經落來，毋但取消我何斌通事一職佮我漢人領袖的資格，閣抽我龍筋，將赤崁到大員對渡船隻的所有利益全部沒收，真是欺人太甚，我何斌該如何解決？

（光圈Ｂ）

雲　娘：此時何斌已經予紅毛仔逼到絕境，（得意的笑）想袂到何斌你也有這款下場。

（光圈Ａ）

何　斌：我散盡家財無要緊，毋過從今以後我欲按怎照顧雲娘？紅毛仔，恁真殘忍，全無帶念我的汗馬之勞，恁全是一陣「橋過，拐仔就放掉」的忘恩之人。袂使，我要炁雲娘離開此地！

（光圈B）

雲　娘：鄭泰這个「弄狗相咬」的計謀確實厲害，予荷蘭人家己自廢手骨，卸除何斌這个心腹，如此一來，我就等咧看這齣「猴咬猴，狗咬狗，猴去，狗也走」的精彩好戲。Sama，小雲總算會當報冤仇矣……阿立祖，請你保庇小雲，予這擺的計謀成功，趕走荷蘭人，以報滅族之恨……

（燈光轉換，何斌入江山樓，急欲尋找雲娘。）

何　斌：雲娘，緊，包袱仔款款咧，我欲炁你離開……

雲　娘：為何而走？

何　斌：我已經予荷蘭人通緝，家財也將欲充公，所以我欲炁你離開……

雲　娘：欲走去佗位？

何　斌：世界遮爾大，總有咱兩人容身之處。

雲　娘：【唱】雲娘自幼失天倫，食風凍露求生存，
委身青樓風塵滾，看盡世態暗淚吞。
毋是雲娘無勇氣，漂浪生活無了時，

甘願沈淪做歌妓，也免飢寒交迫啼。
如今你叫我佮你做一對亡命鴛鴦，雲娘實在做袂到……

何　斌：這……

雲　娘：閣再講……

【唱】隱姓埋名一世人，財富地位攏成空，
隨人笑罵目睭降，這款日子怎輕鬆？

何　斌：【唱】人在江湖身不由己，燃眉之急難以解除，

雲　娘：【唱】我有一个絕妙計智，只是驚你躊躇心虛。

何　斌：雲娘，你有啥物好辦法？

雲　娘：有，就是你手中彼張水師圖。

【唱】鄭氏成功佔海權，不得其門篡大員，
你送水師圖乾坤轉，助伊進攻順風帆。
趕走荷人立大功，論功行賞來受封，
名利雙收人氣旺，一切看你敢（kám）敢（kánn）衝？

何　斌：【唱】萬一國姓爺攻臺失敗，叛荷之罪必上斷頭台，

雲　娘：【唱】命運無按理出牌，一步運籌一步猜。

人生這場賭局，絕無永遠的贏家。我一生最欣賞的男性就是有膽識之士，而非軟弱小輩，所以當你獻水師圖予國姓爺的彼一刻，我就是你的某囝。

何　斌：好，雲娘，我為你賭這局！你等我……（走幾步，回頭）這是你欲愛的苦楝子，險險袂記得提予你……雲娘，一定愛等我轉來，咱做伙共苦楝子種落去……（何斌下。）

雲　娘：（看著手上的苦楝子思索）何斌，你敢知影，雲娘這一生只求有一雙溫暖的手，一个厚實的胸坎，會當陪我度過平凡安穩的一生，毋過，就是因為你是何斌，所以我這雙手，是永遠無法度佮你牽做伙。

（燈暗）

（舞台一分為二，上舞台為鄭軍與荷軍決戰場，下舞台為何斌與雲娘對奕場。）

幕　後：【唱】雲娘情催戰鼓擂，何斌獻圖水路開，
可憐花蕊一滴淚，鹿耳門前骨萬堆。

（鄭成功乘戰船與荷軍對峙。）

荷　官：何人叩關鹿耳門？

鄭　氏：吾乃大明朝國姓爺鄭成功，此次而來，就是欲收復我大明國土。

荷　官：笑死人，恁唐山人永遠以海為界，只要是海外，就予恁當做是無重要的化外之地，如今走投無路矣，煞顛倒講欲來收復國土？

鄭　氏：（惱羞成怒）廢話減講！眾官兵，殺……

（兩軍對戰幾回後，動作持續但無聲，只剩擂鼓聲有節奏地響著。）

（燈光轉換，下舞台可見何斌與雲娘對奕。）

何　斌：這馬雙車馬炮對雙車雙馬兵，你看啥物人較有贏面？
雲　娘：無行到最後，無人知影結果！
何　斌：烏包回拍兵！
（燈光轉換，何斌與雲娘持續對奕。）
（兩軍交戰，荷軍敗下陣來。）
荷　官：恁哪會遮爾了解鹿耳門的水路……
鄭　氏：因為恁荷蘭通事何斌，送予我一个天大的禮物，水師圖！
荷　官：何斌，你這个走狗！眾將聽令，鄭成功的軍力強大，咱官兵
　　死傷無數，趕緊收兵，走……
（荷軍撤兵，鄭軍搖旗吶喊，士氣大振。）
鄭　軍：國姓爺，咱大獲全勝囉……
鄭　氏：眾官兵聽著，向熱蘭遮城前進，直取大員。
眾　兵：（吶喊）殺啦……
（燈光轉換，何斌與雲娘專注在這盤棋。）

雲　娘：哼！何斌，你行毋著一步棋矣……

何　斌：是你看無詳細！（大笑）我贏囉……

（燈暗）

第七場
兩敗俱傷

場景：江山樓
人物：雲娘、何斌、媒婆、轎夫、民眾數名、演員二名（現實場）
Ｓａｍａ、小雲（回憶場）

（喜慶八音響起，提親隊伍經過。）

媒　婆：【唱】**天賜良緣姻緣定，張燈結彩訂終身，**

轎　夫：【唱】**月老點譜迷魂陣，枝頭鳳凰靠旋藤。**

民眾１：赤崁發生大代誌矣……

眾　人：啥物大代誌？

民眾１：咱漢人的首領何斌大人欲娶某矣……這馬送定的人馬已經往江山樓的方向前進……

眾　人：敢有影？

民眾１：聽講欲娶的是江山樓的雲娘……

民眾２：我毋知影何斌大人佮我仝款攏興這味的……

民眾３：看你猴頭鳥鼠耳，鼻仔閣翹上天，猶想欲數想雲娘，雲娘若欲揀，嘛是揀我……

民眾2：（氣到說不出）你……

民眾1：好囉，好囉，恁莫閣佇遮答喙鼓矣！何斌大人特別請戲十工，咱逐家做伙來看戲。

（戲臺上演出戲碼《薛丁山大戰樊梨花》。）

丁　山：吾乃二路元帥薛丁山，馬前你是何人？

梨　花：寒江關守將樊洪之女，樊氏梨花！

丁　山：原來你是樊梨花，今日本將親身出兵，你速速投降，獻出寒江關。

梨　花：薛丁山，你真是不識時務，也敢興兵關界，看招。

（兩人過招數回後，邊唱邊調情。）

丁　山：【唱】番女之面賽天仙，眼神流轉情意綿，

梨　花：【唱】丁山俊俏實罕見，害阮為伊動心弦。

丁　山：【唱】寒江關前來交戰，怎可心亂來私偏，

梨　花：【唱】三擒三縱神威展，成就漢番千古緣。

（觀眾鼓掌吆喝，戲台暗。）

幕　後：【唱】雲娘以情激毒酒，點滴成恨難斗量，
　　何斌苦感心頭糾，坐困情網無怨尤。
　　一个引誘一个守，兩面相思兩面愁，
　　兩敗俱傷難挽救，愛恨噌癡何時休。

（雲娘內心惆悵，望向窗外。）

雲　娘：（感傷）外口實在真鬧熱！

何　斌：真是圓滿的結局，大員的政權總算落在漢人的手中，而且我的財富一分嘛無減，毋過上蓋重要的是會當娶著雲娘你……

雲　娘：你答應欲予我的嫁妝，苦楝樹佇佗位？

何　斌：自從熟似你的頭一工，我就將一欉老苦楝挖來，種佇我的後花園……為啥物這世間的樹種遮爾濟，偏偏你愛苦楝樹？

雲　娘：苦楝只是因為伊的名佮可憐誠仝音，就受著不白之冤，任人蹧躂，親像這塊土地仝款。

何　斌：莫講這種捎無摠的話，我聽無！
雲　娘：（脫口而出）哼！掠奪者是無法度體會的！
何　斌：雲娘你今仔日是按怎？
雲　娘：（掩飾）無啦……看著你甘願為我付出一切，我傷過頭感動矣……
何　斌：莫想遮爾濟，今日過後，你就是我的牽手矣，來，咱來啉一杯……
（何斌拿起酒杯，雲娘突然一陣緊張。）
雲　娘：（急切）小等一下……
何　斌：是按怎？
雲　娘：（掩飾）無啥物，只是想欲佮你加講一寡話……
何　斌：今仔日的你特別無仝？
雲　娘：我想欲共你講一个故事，一个多年前的故事……
（雲娘回憶場：一聲槍響，子彈穿過潘勇，他忍住不讓自己倒下。）
Sama：小雲，你愛好好活咧，為咱阿立祖留一條血脈。

（Sama倒了下來，燈光轉換，回到現實場。）

何　斌：你是？

雲　娘：我就是當初時的彼个小雲……

何　斌：【唱】過去多少荒唐事，罪該萬死難推辭，
　　願落油鼎割肉煮，凌遲剝皮無完膚。
　是我對不起你……雲娘……我願意用我的性命來贖罪！

雲　娘：【唱】仇人跪在我眼前，我咬牙切齒心肝凝，
　　家破人亡非天命，你愛千刀萬剮將命還。

（何斌痛苦不堪，懺悔的眼神望向雲娘，雲娘突然心軟。）

雲　娘：【唱】命運創治天地也不仁，才會予我愛著冤仇人，
　　看伊眼神我不由憐憫，一時想起Sama阮爹親……

（回憶場：Sama蹲下和小雲說話。）

Sama：小雲，欲做一个一流的獵人，就袂當看獵物的眼神，一旦你
　佮伊眼神相對，你就會軟心，按呢這場比賽，你就輸矣……

（幻影消失，回到現實場。）

何　斌：【唱】惡貫滿盈我該死，

雲　娘：【唱】罪該五馬來分屍，

何　斌：【唱】我的性命請提去，

雲　娘：【唱】一句性命請提去，我哪會痛入心脾無藥醫？

何　斌：【唱】一失足成千古恨，再回頭竟是百年身，

雲　娘：【唱】弄假成真陷迷陣，情天恨海我失元神。

何　斌：【唱】風塵落花無安身，孤夜為伊難落眠，

恩怨情仇怎算盡，我悔不當初為紋銀。

雲　娘：【唱】浮華世界幻如真，人生難得有情人，

百感交集愛與恨，造化弄人結冤親。

蒼天啊！為啥物欲按呢創治我？著！只有按呢，才會當了結這一切……

（雲娘拿起酒杯，一飲而盡，瞬間腹痛難耐。）

何　斌：雲娘，你是按怎？這……這杯酒有毒？

雲　娘：我啉的這杯酒，是用你提予我的苦楝仔子激出來的毒酒。（狂笑）哈……予你生不如死，一世人活佇後悔之中，這才是對你上大的懲罰。

【唱】我為報仇來鋪排，願用肉身飼大獅，
台頂虛情搬真愛，台跤攬鏡哭悲哀。
接近你，只是想欲借你的手共荷蘭人除掉，我……（頓）從
來就毋捌愛過你……

何　斌：【唱】你的苦楚我知影，你的遭遇我心疼，
你若愛捏我性命，黃泉路上我毋驚！
你無需要犧牲你自己，你傷過頭憨矣……

雲　娘：何郎，我感覺足冷足冷……

何　斌：雲娘，毋免驚，我會共你攬牢牢，絕對袂放手。

雲　娘：天……是毋是欲暗矣？

何　斌：（搖頭）行……（停頓）這江山樓毋是你的厝，咱來轉，我炁
你來轉……

雲　娘：你後花園彼欉苦楝樹敢欲開花矣？

何　斌：閣等一個月，咱就會當看著苦楝花開矣……

雲　娘：我應該是看袂著矣……

（雲娘吐血身亡，何斌將她擁入懷中。）

何　斌：（放聲）雲娘……雲娘……雲娘啊……

（燈光漸收）

尾聲
苦楝花落

場景：何宅
人物：何斌、押解官、小兵兩名、管家

押解官：斌官，該啟程了……
何　斌：官爺，敢會當閣予我一寡時間……
押解官：耽誤時辰，恐驚國姓爺會受氣……
何　斌：無妨，如今我既是有罪之身，一切過錯攏由我承擔。
（何斌拿出銀兩賄賂。）
何　斌：官爺，這淡薄仔意思，提去食茶。
押解官：（看了一眼）國姓爺軍令如山，這袂當……
（何斌意會，取出更多銀兩。）
何　斌：我了解，我了解，官爺是一个謹守本分的廉官，絕對袂歪哥。
（押解官接獲銀兩，兩人有默契的相視而笑。）
押解官：當然，當然，我予你半刻時間。
（押解官率眾暫離，何斌望向天際。）

何　斌：【唱】飛鳥盡擒斷良弓，野兔全死狗僥倖，
　　千算萬算無路用，人生宛如走馬燈。

（何斌召喚管家。）

管　家：頭家，你是獻水師圖予國姓爺的大功臣，國姓爺哪會當按呢對待你？

（何斌搖頭，示意管家閉口。）

何　斌：我的人生只賭這支鎖匙……這馬交代予你，國姓爺若欲啥，你就予伊啥，攏無要緊……上重要的是彼欉苦楝樹，無論如何，千萬袂當倒……

（何斌說完後，走至苦楝樹下，花開燦爛。）

何　斌：【唱】春光最易花似錦，秋風擾亂落葉心，
　　韶華過盡愁難忍，孤身苦楝不見林。
　　雲娘，苦楝已經開花矣……

（何斌跳入樹下的古井。不久，押解官入，見何斌消失，眾人尋找下。）

（何斌跳井後，苦楝花漸落，一時繽紛。）

（管家掃著落花，然後望向苦楝樹，樹下依稀有何斌與雲娘的背影。）

幕後：【唱】利市三倍政商通，千金難買愛意濃，
苦楝迷情情何往？回首前塵已滄桑。

（燈漸暗）

劇終

歌仔戲劇本

亂世英雄 傾國淚

二〇一五年 教育部文藝創作獎
傳統戲劇組佳作

創作理念

以史為鏡，可以知興替。明末敗亡，令人不勝欷嘘。耙梳史料，還原歷史脈絡，逐一交織劇中人物在性格及行動中的糾結與矛盾，終於完成這個作品，但因陳圓圓及劉宗敏參考資料甚少，人物關係便借代自身在歲月流轉中的情感觸動；冒辟疆、吳三桂與劉宗敏各自代表愛情、恩情與親情的情感原型，以此為設計基礎，進而成為戀人、夫妻及家人的隱喻角色，這些男人體現了作為人對於情感的需求及人生歷練的自然流變。劇名《亂世英雄傾國淚》的傾國之「淚」，有三層意義，其一是陳圓圓之淚，其二則是亡國之淚，最終是人民的眼淚。如此時局，每個人都被時代所挑選，也被時代所淘汰，劇中每個「英雄」為生存而做的抉擇，無論是褒是貶，終究來自人性。

劇情大綱

明朝末年，崇禎帝主政，貪官污吏亂權，百姓飢荒難度，民變紛紛四起。春風樓歌妓陳圓圓，與江南四才子冒辟疆互訴情衷，卻苦無情果，反被帶至京城，贈與崇禎帝。崇禎無心逸樂，輾轉成為吳三桂之妾。闖王李自成起義，橫掃京城，自封大順王，崇禎帝因痛失江山，自縊身亡。李自成手下劉宗敏鍾情陳圓圓，招致吳三桂引燃妒火，衝冠一怒為紅顏，初建的大順山河瞬間崩解，然而圓圓與三桂的情感也在清兵入關後悄然地產生變化……

場次說明

序　場　風雨定皇盟

崇禎皇帝與周后在雷聲大作的夜裡，許下共同守護大明江山的願望。

第一場　奸佞亂乾坤

飢民流離失所，忠臣袁崇煥將軍遭奸佞設計，凌遲身亡。

第二場　亂世見真情

幼年陳圓圓與劉宗敏在亂世中短暫相遇，而後陳圓圓入青樓，劉宗敏加入反抗軍。

第三場　初情惹禍端

冒辟疆情定陳圓圓，卻因替陳圓圓出頭，不慎招惹田國丈，而被押入衙門。

第四場　捨身入深宮

陳圓圓為救冒辟疆，答應田國丈入宮，成為田國丈手上的棋子。

第五場　錯愛結鴛鴦

田國丈將陳圓圓獻予崇禎皇帝，皇帝無意，後又與吳三桂達成協議，最終陳圓圓情歸吳三桂。

第六場　情長夜太短

情太長，夜太短，陳圓圓用力一咬吳三桂的手，作為愛情的印記。

第七場　皇魂訣江山

闖軍攻入，崇禎皇帝與周后以身殉國，李自成建立大順王國。

第八場　情海起風波

劉宗敏鍾情陳圓圓，將其留置將軍府，引發吳三桂的憤怒。吳三桂開始盤算如何周旋在大順與後金的勢力之間。

第九場　妒火引戰戎

妒火燃出戰場，吳三桂衝冠一怒為紅顏，與劉宗敏決一死戰，最終劉宗敏戰敗，陳圓圓回歸吳三桂身邊。

終　場　淚眼問英雄

吳三桂與陳圓圓最終皆成了歷史上滅國的千古罪人。

人物說明

（人物說明主要依據出場序排列）

崇　禎　明朝末代皇帝。剛愎多疑，雖欲勵精圖治，但難挽頹勢，終自縊於煤山。

周　后　出身於民間，與崇禎皇帝情深誼篤，是仁心賢德、寬懷大度的賢后。

陳圓圓　明末名妓「江南八艷」之一，傾國傾城，色藝冠時，被吳三桂納為愛妾，後因劉宗敏情鍾陳圓圓，而讓吳三桂的妒火燃盡明朝與大順的氣數，成為傾國罵名的代罪羔羊。

阿　沅　六歲時的陳圓圓。

阿　媽　陳圓圓小時候的阿媽。

吳三桂　明末遼東總兵，鎮守山海關，但因「衝冠一怒為紅顏」，引清兵入關，明朝因而痛失江山。清朝官封平西王，後又捲入三藩之亂，是個在歷史關鍵點不斷抉擇與改變的人物。

袁崇煥　明末名將，剛強正直，慷慨豪放，敢以真言犯上，終遭構陷，凌遲身亡。

曹公公　卑躬屈膝裡包藏陰毒乖張。

劉宗敏　為闖王李自成的頭號將軍，出身草莽，外表看似老粗，但兼具任俠之氣及敏感特質，對陳圓圓情有獨鍾。

小宗敏　十二歲時的劉宗敏。

算命仙　劉宗敏年幼時同村的叔叔。受劉母所託，帶著小宗敏逃難。

李自成 民變首領，自稱闖王。攻占京城後，崇禎帝自縊，以「順」為國號稱帝。

媽媽桑 經營春風樓，貪錢勢利，八面玲瓏。

冒辟疆 江南四才子之一，與陳圓圓在春風樓短暫結緣。

田弘遇 田貴妃之父。善於投機，工於算計，是「笑面虎」型人物。

隨　從 田弘遇的心腹，衝動魯莽。

胡縣令 典型拿錢好辦事的貪官。

白師爺 胡縣令的師爺，善於察言觀色。

王承恩 崇禎帝的貼身大太監，最終殉死煤山，以表忠貞。

軍師 吳三桂的心腹。

其他 報馬、先鋒官、保鏢、媒婆、婢女、金國特使等各一名。
轎夫、衛兵、飢民、百姓、官兵、衙役、歌妓、公子哥、文武大臣、太監、探子、吳順大軍等數名。

序　場

風雨定皇盟

時間：崇禎二年（一六二九年）
場景：皇宮內後花園
人物：崇禎皇帝、周后

（崇禎皇帝無語望夜空。）

周　后：皇上，這外口更深露重，你何不入房歇睏？

崇　禎：國家連年洘旱，稅收短欠，飢民四起，外有蠻邦擾大明，內有賊寇亂鄉里，軍糧有出無入，朕每日攏是食毋知食，眠不成眠。想講出來花園行行看看，暫解心憂。

（此時雷聲不斷。）

周　后：（呢喃）盈暗，哪會一直霆雷公？

崇　禎：（感嘆）這是雷神的憤怒之聲，怪朕治國無能，國事怠慢。

周　后：臣妾佮皇上看法無仝，臣妾認為這毋但毋是憤怒之聲，顛倒是大明朝的喜慶，是一个好吉兆。

崇　禎：哦……愛妃……喜從何來？又閣是啥物好吉兆？

周　后：【唱】這雷聲轟轟入龍耳，天降甘霖好時機，
　　　　　蒼天憐民飢荒止，大明興盛必有期。
　　　　明日喜落甘霖，大明久年的洘旱就有解矣。

崇　禎：【唱】朕登基的頭一願，望將江山代代傳，
　　　　　無奈眾臣怠慢又貪安，朝政推動步步難。
　　　　　寡人立誓！咬牙切齒嘛著拚到底，
　　　　　力挽山河毋願退，毋予風吹吹落地，換來好春開百花。
　　　　毋過朕定定感覺力不從心，文武百官表面上忠心效國，私底下卻是貪污亂權，關外閣有後金擾亂大明。朕心內真艱苦，有時陣恨袂得離開這个黃金打造的監牢。
　　　　【唱】躃王城，食奇巧，眾人欣羨皇帝命。
　　　　　愁民愁，憂國憂，插翅難飛黃金岫。

周　后：皇上儘管放開心懷，以龍體為重，咱大明也毋是無能臣戰將。親像袁崇煥、吳三桂遮的賢臣，戰功彪炳，戰無不勝，有怹鎮守山海關，咱的大明就有如銅牆鐵壁。

崇　禎：愛妃講得有理……毋過……這袁崇煥手握重兵，伊若是對咱大明有異心，這恐驚……

周　后：皇上……你是驚袁將軍伊……

崇　禎：（回神）袂啦……我相信袁崇煥是忠臣！（轉移）愛妃，朕國事繁雜，真久無來你遮共你看看矣……

（崇禎思考半晌。）

周　后：皇上每工為國操勞，臣妾煞袂當為皇上你排憂解勞，才是罪該萬死。

崇　禎：愛妃何罪之有？

周　后：【唱】曾經年少女紅妝，哪會雲鬢染白霜，
宮幃淒冷夜夜凍，孤隻鴛鴦夢成空。
臣妾青絲已白，紅顏漸老，恐驚日後皇上會對臣妾厭癢……

崇　禎：愛妃，你多慮矣……愛妃你才是朕真正的紅顏知己。（牽周后的手）咱猶欲做伙老，做伙看大明江山千秋傳萬代……

（燈暗）

第一場
奸佞亂乾坤

時間：崇禎二年（一六二九年）
場景：京城城內／城外
人物：（各場次的人物依出場序排列，往後場次將不再贅述。）
報馬、老百姓數名（城內）、飢民數名（城外）、先鋒官、袁崇煥、吳三桂（十八歲）、轎夫、阿沅（六歲的陳圓圓）、阿沅的阿媽、曹公公、衛兵、小宗敏（十二歲的劉宗敏）、算命仙

（城內，一片繁榮景象。報馬敲鑼打鼓，大聲吆喝。）

報　馬：【雜唸】來來來，緊倚來，上新的情報報予恁知，
兵部尚書袁崇煥，用兵如神是通人知，
守衛邊城誠厲害，尚方寶劍擧起來，
百萬蠻兵是來一排死一排，
拍甲一个一个落下頦閣兼滲屎。

（老百姓起鬨叫好。）

眾百姓：著！伊是咱大明朝的救星。
百姓甲：按呢講起來，毋就是咱大明朝的岳飛？

百姓乙：呸、呸、呸……這个破格喙，出喙就無好話，宋朝岳飛是予奸臣害死，咱袁將軍遮爾受皇上重用，哪會使提伊佮岳飛比？

百姓甲：有道理！

報　馬：猶有，咱嘛毋通袂記得，袁將軍身邊閣有一个虎將，吳三桂將軍。

百姓乙：著、著、著……英雄出少年。

眾百姓：（齊）少年英雄！

報　馬：【雜唸】吳襄出城巡視無詳細，中著敵人的奸鬼計，

百萬番兵困伊三日三暝，進退無門馬前失蹄，

眼前這聲失時勢，三桂孤身救老爸，

拍甲敵軍走若飛，救人袂輸咧啉茶。

百姓甲：聽講皇上欲親身召見這兩个大英雄？

百姓乙：著啊！就袁將軍領兵入關，趕赴京城救駕這件。

百姓甲：這件有影是大功，好佳哉伊即時領兵，入關救駕，若無京城就害溜溜矣！

百姓乙：皇上一定重重有賞！

百姓甲：這是當然囉！您是咱大明江山的兩枝大柱！
（眾百姓下。）
（城外盡是哀鴻遍野。袁崇煥的先鋒官邊敲鑼，邊吆喝上場。）
先鋒官：兵部尚書袁崇煥將軍、寧遠將軍吳三桂趕赴京城，百姓一律迴避，袂赴迴避的，叩首跪地，不准攑頭。
（阿沅和阿媽上。）
阿　沅：阿媽，聽講有大官欲來，咱來去頭前分寡物件。
阿　媽：袂當啦……做官的攏是無心肝的，若無細膩擋著路會無性命……
（眾飢民們上，冒死跪地攔轎。）
先鋒官：恁這馬趕緊離開，毋通耽誤將軍入京的好時辰，若無者，皇上怪罪落來，是會刣頭的。
飢民甲：阮甘願冒死見袁將軍，嘛無愛枵死佇路邊。
飢民乙：橫直是死，飽死，較贏做枵死鬼。
先鋒官：恁莫害我，將軍怪罪落來，我承擔袂起。
飢民甲：逐家看，袁將軍的大轎來矣。

（袁崇煥將軍乘轎而來，吳三桂騎馬跟隨在後。）

（先鋒官見驅趕無效，跪地請罪，袁崇煥出轎察看。）

先鋒官：啟稟將軍，小的辦事不周，趕袂走這陣臭乞丐，請將軍饒命。

眾飢民：（磕頭）袁將軍，請你救苦救難，救阮一條性命，阮已經強欲枵死矣……

袁崇煥：各位鄉親請起，講救苦救難傷過言重矣……我本來就應該出手相助……三桂將軍，我看遮的鄉親一人分三兩碎銀予恁，暫解恁的困難。

（吳三桂下馬，分銀兩給飢民，道謝聲不絕於耳。）

（吳三桂見阿沅躲在阿媽背後，心生憐憫。）

吳三桂：阿妹仔，來，這是你佮阿媽的……提去……免驚……

（阿沅上前拿了銀兩。）

吳三桂：阿妹仔，你叫做啥物名？

阿　沅：我叫阿沅……

吳三桂：阿兄姓吳，名三桂。這銀兩你囥予好……

阿　沅：（點頭）好……

（阿沅說完後又躲回阿媽背後。）

袁崇煥：吳將軍，時候無早，咱應該出發矣……

吳三桂：袁將軍，你看，這世道遮爾亂，國家危在旦夕，敢有定國安邦之方？

袁崇煥：【唱】蠻國如猛虎作亂，內寇搴大旗造反，

朝廷內外受苦患，皇上坐立也難安。

這大明外傷好處理，腹內火實在歹治，

若欲症頭好予去，著愛靠「安內」、「攘外」雙頭醫。

唉！可惜外賊易擋，內邪難防……

吳三桂：相信有袁將軍這帖治世良方，大明必能再興……袁將軍，請上轎！

（飢民們跪送袁崇煥，聲高震天，阿沅起身對著遠方揮手道別。）

阿　沅：（大喊）三桂阿兄，多謝你……

阿　媽：阿沅，食人一口，還人一斗，這三兩銀的恩情，咱一世人攏愛記予牢……

（阿沅點頭。阿媽帶著阿沅下。）

幕外音：【唱】袁崇煥變成別人的棋子，行在險惡的這盤棋，
步步殺機步步危，啥佇背後定生死？
一个威震邊關的好男兒，敢會虎落平陽被犬欺？
敢會落陷阱，變枯骨一堆？
吳三桂：袁將軍，京城已到。
袁崇煥：真好……總算是無誤著時辰。
（宦官曹公公上。）
曹公公：袁將軍，小的佇遮等誠久矣……吳將軍，一路辛苦囉……
吳三桂：感謝皇上的恩典。
袁崇煥：（冷淡）曹公公，哪著遮爾厚禮數？
曹公公：（賊笑）袁將軍功高震主，連皇上攏愛敬你三分，我只是一个
小小的公公爾爾，當然愛踮遮徛衛兵。
袁崇煥：這攏是皇上英明，我袁某毋敢佔功勞。
曹公公：袁將軍講的確實有道理，真可惜皇上無機會聽著……
（宣讀）聖旨到。

（袁崇煥、吳三桂等人跪地聽旨。）

曹公公：奉天承運，皇帝詔曰，查吳三桂將軍帶領關寧鐵騎，戰無不勝，可言用兵奇才，特升任遼東總兵，欽此。

吳三桂：三桂叩謝皇恩。

曹公公：（輕佻）崇煥兄，換你矣……（嚴肅）奉天承運，皇帝詔曰，查兵部尚書袁崇煥長年把持兵權，勾結後金，代朕和議，是為欺君之罪。另外，私放鑾兵直攻京城，叛亂之心，罪無可赦，處以凌遲極刑。欽此。（諷刺）咱人啊……一聲毋知，百聲無代……你啊……事事項項攏欲出頭，結果煞行到「家己揹金斗，替人看風水」的地步……袁將軍，你猶未叩謝天恩……

袁崇煥：謝主隆恩……（起身大喊）蒼天無眼……奸邪誤國……

曹公公：來人啊，掠起來，即刻關入大牢。

（袁崇煥無語問蒼天，失神地被衛兵帶下，此時吳三桂驚訝無言。）

曹公公：（賊笑）袁崇煥啊！袁崇煥，誰叫你目睭擘無金，得失著我……

吳三桂：（小心地試探）曹公公，哪會按呢？這……敢有啥物誤會？

曹公公：吳將軍，咱踮佇京城內，加一个朋友就加一條路，加一个冤仇人就加一面牆，無論是關公劉備，猶是林投竹刺，咱攏愛交陪，食四面風，講五色話，這道理你應該會了解乎？

吳三桂：毋過袁將軍是一个忠良……

曹公公：（笑著打斷）吳將軍嘛袂頇顢啊！你看，咱共頭前這粒大石頭搬予開，未來的路才會順順順……來，吳將軍，請……

（曹公公邀吳三桂入城，吳三桂半推半就。此時白綾垂空飄盪，樣似幡旗。）

幕外音：【唱】一生事業總成空，半世功名在夢中。
死後不愁無勇將，忠魂猶原保遼東。

（一聲淒切的冤枉聲劃破靜默。）

（城內。報馬敲鑼打鼓，十分熱鬧。）

報　馬：【雜唸】來來來，緊倚來，上新的情報報予恁知，
兵部尚書袁崇煥，原來是內神通外鬼的烏鼠仔屎。
假鬼假怪是上厲害，欺君瞞上擅主裁，
私通蠻國有曖昧，向敵求和失氣概，
這種背骨仔栽，冗早處死才應該。

（老百姓起鬨叫好。）

眾百姓：（齊）著啦！予伊死。

百姓甲：我就是目睭花花，才會匏仔看做菜瓜，共伊當作是咱大明朝的岳飛。

百姓乙：你真正是竹篙鬥菜刀，烏白鬥……人宋朝岳飛是予奸臣害死，這个袁崇煥本身就是奸臣，哪會當提伊佮岳飛比？

百姓丙：你按呢講嘛著，伊講按呢嘛著，逐家講的攏著……

（隱約可見劊子手行刑的畫面，白綾漸染大紅鮮血，象徵袁崇煥已遭凌遲。）

報　馬：【唸】來來來，緊倚來，上新的情報報予恁知，

袁賊這馬現場刣，欲食肉齧骨的報名來。

百姓甲：我欲，我欲……

報　馬：【唱】一塊一錢真便宜，食了保證趁大錢。

百姓乙：我欲五塊三層仔，揀較有肉的予我……

報　馬：【唱】肉質新鮮現流仔貨，品質保證無問題。

百姓丙：好啦！好啦！賰的我全包。

（老百姓們在爭食中下。）

（城外。眾飢民跪地叩拜）

眾飢民：冤枉啊！天大的冤枉啊！一个遮爾好的官，煞死甲遮爾慘……

　　【唱】袁將軍忠心好將才，換來皇上的厚疑猜，

　　曹公公設計來相害，千軍萬馬攏收入甕仔內。

　　一个定國安邦好功臣，煞變成賣國求榮的大罪人，

　　宦海浮沉名利爭，有罪無罪講袂清。

　　忠勇報國的堅心，換來凌遲的酷刑，

　　人講伴君若伴熊，冤情何時會分明？

（算命仙手執命理掛布，與小宗敏上。）

算命仙：【唱】天無照甲子，人無照天理，

　　縱然胸懷凌雲志，跤踏陷阱不由己。

眾飢民：【唱】奸人遮天庸君難斷，凌遲手段傷過粗殘。

小宗敏：阿叔，逐家就強欲無命通活矣……敢真正有人會予你算命？

算命仙：佇這个亂世，毋免算，有命通活，就是好命……

眾飢民：【唱】挖土做飯，啉水過頓，請借問，何時才有三頓呑。
食肉啉湯，食飯配蛋，免數想，枵飢失頓無天倫。

（燈暗）

第二場
亂世見真情

時間：崇禎二年（一六二九年）
場景：京城城外
人物：阿沅（六歲的陳圓圓）、阿沅的阿媽、飢民數名、劉宗敏（十二歲）、算命仙、官兵及百姓數名

（阿沅與阿媽入，阿媽坐定後，小心地環顧四周。）

阿　媽：阿沅，敢會枵？
阿　沅：袂枵！
阿　媽：已經幾若工無食矣，哪有可能袂枵？
（阿媽緊張地拿出半截饅頭。）
阿　沅：阿媽……你……
阿　媽：（緊張）緊食，毋通予人看到。
阿　沅：阿媽，你咧？
阿　媽：大人會堪得枵，囡仔袂堪得餓。
阿　沅：阿媽，你毋食，我嘛無愛食。
阿　媽：好啦……阿媽食，你嘛食，咱兩个媽孫仔做伙食。

阿　沅：阿媽，等我大漢，我欲趁真濟真濟錢來有孝你，予你食袂完的
　　饅頭。
（阿沅見阿媽流淚。）
阿　沅：阿媽，你是按怎咧哭？
阿　媽：無啦！戇孫仔，你真乖，真有孝，阿媽真歡喜。
（祖孫倆小心翼翼地吃著，卻被飢民們發現。）
飢民丙：恁逐家看，怹咧食啥物？是饅頭！
（飢民們相互爭奪饅頭。）
阿　媽：（哭喊）這是欲予阮孫食的，拜託恁還我。
（小宗敏見狀，欲幫阿媽搶回。）
小宗敏：恁咧創啥物？彼是別人的物件……
（饅頭被吃光，飢民一哄而散。）
小宗敏：阿媽，真歹勢，已經……
阿　媽：（洩氣）無要緊啦，佇這个歹時勢，日頭赤焱焱，隨人顧性命，
　　人食人無稀奇，像你按呢才是真正稀奇……多謝你，囡仔兄……
阿　沅：（依偎著阿媽，啜泣）阿媽，攏是我毋好……

（小宗敏拿出一張畫滿饅頭的畫布。）

小宗敏：（逗笑）小妹，莫哭矣……你看……

阿　沅：這是啥？

小宗敏：（故做神秘）毋通予人看到……（小聲）這是饅頭！

阿　沅：（破涕為笑）這毋是真的啊！

小宗敏：只要相信是真的，伊就會變成真的……（盯著畫布）咱只要一直看，一直想，一直吞喙瀾，慢慢仔，咱就飽矣！

阿　沅：（模仿）一直看，一直想，一直吞喙瀾……

（阿沅和小宗敏一起吞嚥口水。）

小宗敏：食飽矣未？

阿　沅：親像較袂枵矣……

小宗敏：（笑）我嘛食飽矣……

（算命仙上。）

算命仙：宗敏，準備來走矣……

小宗敏：阿叔，咱欲去佗位？

算命仙：揣一个活會落去的所在。

小宗敏：阿叔，小等我一下！（告別）小妹，我欲來去矣！愛會記得……

阿　沅、小宗敏：（同時）一直看，一直想，一直吞喙瀾……

（宗敏與算命仙下。）

（媽媽桑帶著保鏢上。）

保　鏢：（叫賣）來喔，有查某囡仔通賣無？一个查某囡仔，換兩粒燒燙燙的饅頭喔……

（飢民爭相賣女兒換取饅頭。）

（媽媽桑瞥見阿沅，如獲至寶。）

媽媽桑：查某囡仔，你來。這兩粒饅頭你提去，一粒予你，一粒予阿媽食。

（阿沅拿走饅頭，分給阿媽。）

媽媽桑：查某囡仔，敢好食？

（阿沅安靜未答，躲到阿媽身後。）

媽媽桑：阿媽，這查某孫若綴你早慢會枵死，不如來綴我，我保證袂虧待伊。

阿　媽：這……

媽媽桑：查某囡仔，敢講你忍心看疼你的阿媽活活枵死？

阿　媽：阿沅，毋通綴伊去……

媽媽桑：你若願意綴我走，我就予你五兩銀。

阿　沅：（果決）阿姨，十兩，我就綴你去。

媽媽桑：好，十兩就十兩，閣送你兩粒饅頭。（竊笑）這个好，真勢做生理……

（媽媽桑拿錢給阿沅後，阿沅叮嚀阿媽藏好。）

阿　媽：我一个憨孫，阿媽無法度照顧你，你著愛好好照顧家己。

阿　沅：阿媽，你家己著愛保重，若有機會，咱一定會當閣見面。

阿　媽：【唱】無情命運來戲弄，流浪天涯可憐人，
望恁真心來疼痛……

阿　媽：（叮嚀）阿沅……你愛乖乖聽話……

阿　沅：（哭喊）阿媽……你嘛愛乖乖活咧……

媽媽桑：（不耐煩）好矣……來走矣……漚戲哪會遮拖棚……

阿　媽：【唱】一句保重心淒涼……

（保鏢把眾人趕下場，獨留媽媽桑與阿沅。）

媽媽桑：阿沅，你這个查某囡仔誠媠，可惜媠人無媠命……後擺你就改名叫做陳圓圓，圓圓滿滿，人生才會圓滿……行！

（媽媽桑帶著阿沅下。）

（算命仙帶著小宗敏急入。）

小宗敏：阿叔，佗位才是活會落去的所在？

算命仙：（感嘆）唉……猶未揣著……我看這世間可能嘛揣袂著矣……

（官兵追殺飢民，飢民們四處逃竄。）

軍　官：來人啊，將這幫土匪掠起來……

飢民甲：軍爺，恁誤會矣，阮毋是啥物土匪……

軍　官：我講恁是賊，恁就是賊，講恁土匪，恁就是土匪。

飢民乙：【唱】貪官草菅人命，是民是匪攏無要緊。

軍　官：【唱】橫直刣一粒頭，會當換朝廷五兩銀。

飢民丙：【唱】官員暴斂橫徵，是官是賊敢分會清？

軍　官：【唱】只要做一冬官，會當換金銀滿厝間。

飢民甲：（大喊）蒼天啊……這是啥物天年？

眾飢民：【唱】赤日凶掃，寸草不留，朱門夜夜酒肉臭，
誰憐百姓目屎流？天地無道，飢枵難熬，
嚴酷稅收拄大洘，黎民痛苦無處逃。

眾飢民：（大喊）蒼天啊……阮強欲活袂落去？

（李自成帶闖軍入。）

李自成：恁遮軟人血的惡官，實在是誠可惡。

李自成：【唱】官府袂向望，表面清廉，橐袋仔暗崁，
人欲食人，有啥驚人？枵飢將命催，
做官的親像狗咧吠，鬼會驚鬼，這才有鬼！

（官兵被李自成驅離。）

李自成：各位父老鄉親，恁安全矣……

算命仙：恁若走，官兵嘛是會閣轉來……

李自成：若無，咱就做伙將天下拍落來，以後我李自成若有肉通食，恁就全部綴我食肉，我若有酒通啉，咱就做伙酒醉……天下攏是咱逐家的……

小宗敏：大的，你講的敢是真的？

算命仙：上驚你歕一喙鼓吹，就忝死阮遮的扛轎的。

李自成：仙的，我是一个有公理正義的人。

飢民甲：【唱】這世間敢有公理？

眾闖軍：【唱】咱就是欲揣回公理。

飢民乙：【唱】這世間敢有正義？
眾闖軍：【唱】咱就是欲揣回正義。
飢民丙：【唱】阮枵，阮飢，阮食遍痛苦滋味。
眾闖軍：【唱】咱枵，咱飢，這是反抗的好時機。
（算命仙丟掉命理掛布。）
算命仙：佇這个亂世，命是算袂準的，命著愛靠家己拚！大的，我欲加入。
（其他飢民一呼百應，紛紛加入闖軍。）
李自成：（蹲下）小兄弟，你咧？
小宗敏：我毋是小兄弟，我叫做劉宗敏，你予我做將軍，我就幫你拍天下。
李自成：好，有氣魄！我欣賞！兄弟，後擺我若做皇帝，絕對封你做……
（思考）……啥物碗糕公……
（燈暗）

第三場
初情惹禍端

時間：崇禎十四年（一六四一年）
場景：蘇州春風樓
人物：媽媽桑、陳圓圓（十八歲）、公子哥數名、歌妓數名、冒辟疆、田弘遇（田妃之父）、隨從

（陳圓圓猶抱琵琶半遮面，台下一片靜默。）

陳圓圓：【唱】獨倚西樓託春風，春風笑阮帶輕狂；
孤賞明月盼情郎，情郎猶在幻夢中。
舉杯澆愁，愁更愁，關窗掩憂，憂更憂，
妾持一杯交心酒，無人對飲淚自流。
今朝山盟與海誓，一別何時再相會？
怕是夢醒酒退，勞燕分飛。
誰言歌女多薄倖，撥雲見日待真心，
但願君心似我心，有風有雨亦有情。

（陳圓圓唱畢，掌聲如雷，媽媽桑穿梭其中。）

媽媽桑：唉唦，唐公子，真久無看著你矣⋯⋯

唐公子：我昨昏毋是有來？

媽媽桑：媽媽我若一工無看到你，就親像三冬遮爾久。

唐公子：「一日不見，如隔三秋。」媽媽，你做仙矣是無？

媽媽桑：呸、呸、呸⋯⋯烏鴉喙，罰一杯。（斟酒）來，我敬你。

（媽媽桑走至宋公子身旁。）

媽媽桑：宋公子，你第一擺來，感覺啥款？阮圓圓歌藝如何？

宋公子：【唱】天仙化人色藝全，秦淮八艷不虛傳，

若能偷香來圓滿，我甘願做鬼落九泉。

這春風樓真是世間難得的天堂。

媽媽桑：唉唦，宋公子，講啥物鬼啦⋯⋯啥物天堂啦⋯⋯你是欲驚著阮

圓圓是無？

李公子：（起鬨）來、來、來⋯⋯圓圓，免驚，免驚⋯⋯哥哥共你收

驚⋯⋯

媽媽桑：（玩笑）唉唦，李公子，你這豬哥瀾欲滴落塗跤，來，媽媽共

你拭一下。

李公子：毋免，你按呢，換我愛收驚矣……

媽媽桑：（自憐）想當初，媽媽佇春風樓掛頭牌的時，嘛是媠甲親像一蕊花，一堆痟豬哥逐工綴佇阮尻川後玲瓏踅。唉……歲月無情啦……

（圓圓被一名安靜的酒客吸引，於是奏起琵琶。）

陳圓圓：【唱】春風樓聚文武客，借問此客是何客？

冒辟疆：冒辟疆，江南文人。有鴻鵠大志，無半點功名，詩酒唱和批時政，琴棋書畫慰心靈。

【唱】蝴蝶扇贈清雅花，敢問此花屬何花？

陳圓圓：陳圓圓，蘇州歌妓。願身處濁泥，不染虛華味，滿腔熱血酬知己，一雙冷眼看世時。

【唱】阮看伊，眉宇之間帶英氣，玉樹臨風的飄撇男兒。

冒辟疆：【唱】我看伊，朱閣青樓人中鳳，明眸皓齒的出水芙蓉。

陳圓圓：【唱】我柔情萬縷為誰轉……

冒辟疆：【唱】我心頭撩亂為誰煩……

【唱】敢講是伊……

陳圓圓：【唱】敢講是伊……

圓圓、辟疆：【合唱】為伊迷濛為伊狂，

陳圓圓：【唱】為伊罩霧揣行蹤，

冒辟疆：【唱】為伊落魂失體統。

陳圓圓：【唱】此時、此景，

冒辟疆：【唱】此情、此人，

圓圓、辟疆：【合唱】敢是三生石上因緣深？

媽媽桑：看起來怪怪喔……

【唱】人講女大不中留，留來留去留成仇，

看他愛甲沐沐泅，若無阻止是害溜溜。

一个查埔的遮生狂，查某的又閣太懵懂，

我著冗早來踏擋，才免人去財也傷。

唉呦，原來你是江南四公子的冒辟疆，莫怪氣質非凡。老身怠慢，敢問公子敢有意愛的姑娘，老身會當替你介紹。

冒辟疆：請媽媽將這枝葵扇送予台頂的圓圓姑娘。

媽媽桑：我先代替圓圓多謝你。（暗示）可惜啊，阮這款青樓歌妓人賤命苦，毋敢數想幸福！

（媽媽桑藉送扇之舉，以言語暗示圓圓。）

媽媽桑：世間的查埔人攏是「到喙無到喉，到喉無到心肝頭」，無一个好物。

陳圓圓：（未理會）媽媽，圓圓以清茶一杯回敬冒公子。

（媽媽桑無趣地幫冒辟疆倒茶，兩人舉杯對飲。）

圓圓、辟疆：【合唱】茶氣清微情意濃，一切盡付無言中。

（田弘遇與隨從入。）

隨　從：田大人，人講江南出美女，你看……這江南上媠的美女攏佇春風樓。

媽媽桑：唉呦，看客倌的穿插，對京城來的，對無？來，請坐，請坐。

隨　從：（拿出黃金一錠）把內底上媠的姑娘攏叫過來。

（媽媽桑確認黃金無誤後，忙著張羅。）

媽媽桑：（大喊）內底的，上豐沛的酒菜攏總攢出來。姑娘啊……準備迎財神矣……

（歌妓們全部聚集，一時之間鶯鶯燕燕。）

隨　從：田大人，你看遮佳麗三千，美女如雲，愛肥愛瘦愛三層，隨在你揀，親像咧做皇帝仝款。

田弘遇：烏白講，你這是欺君之罪，是會刣頭的。

隨　從：屬下毋驚！拍狗也著看主人，啥人毋知影我這隻狗的主人就是田貴妃的老爸，田國丈。

田弘遇：（笑）你這个狗奴才，一支嘴糊瘰瘰，死的攏予你講甲活起來。你講，這春風樓上媠的是佗一个？

隨　從：（指台上）就是台頂彼个彈琵琶的媠姑娘。伊叫做陳圓圓，查埔人看著伊，一个一个予伊迷甲失魂落魄……

田弘遇：（出神）果然有媠……有媠……

（隨從見狀，差使媽媽桑前來，再塞黃金一錠。）

（媽媽桑心裡明白，喚了陳圓圓。）

媽媽桑：圓圓，過來陪老爺啉一杯。

陳圓圓：（回絕）媽媽，我忝矣……另日才講。

隨　從：大膽！放肆！陳圓圓，你是毋通敬酒毋食，食罰酒……

冒辟疆：這位兄弟，你哪會對姑娘遮爾無禮貌？

隨　從：（怒火又被挑起）你啥人？竟然敢管大爺的閒仔事！

冒辟疆：大丈夫行不改名，坐不改姓，在下冒辟疆，你一个大丈夫，如此對待小女子，未免傷超過！

隨　從：本大爺有的是錢，想欲按怎就按怎。

冒辟疆：莫怪我鼻著一个䆀，原來是你身軀的臭錢䆀。

隨　從：姓冒的，欲找死，毋驚無機會做鬼。

（隨從與冒辟疆扭打起來，旁人紛紛閃避，春風樓陷入混亂。）

田弘遇：（看戲）人講會吠的狗袂咬人，想袂到你這隻狗毋但會曉吠，咬人嘛咬甲遮爾雄，哈……哈……哈……

媽媽桑：（大喊）夭壽喔！欲出人命矣！內底的，趕緊報官！

（燈速暗）

第四場
捨身入深宮

時間：崇禎十四年（一六四一年）
場景：衙門
人物：衙役數名、胡縣令、白師爺、隨從、田弘遇、媽媽桑、冒辟疆、歌妓數名、陳圓圓

（眾人七嘴八舌的相互指責。）
（胡縣令驚堂木一拍，全場肅然，眾人紛紛跪好，唯獨田弘遇及隨從站著。）
衙　役：肅靜！公堂之上，不得吵鬧。
胡縣令：白師爺，此次升堂所為何事？
白師爺：有關春風樓鬥毆之事，（發抖地指向田弘遇）這……
胡縣令：（打斷）我知影啦！你毋免閣講矣……（再拍驚堂木，對田弘遇）大膽刁民，看著本官，恁猶毋磕頭認罪。
隨　從：（衝動）好大膽的狗官，你竟敢……
田弘遇：（斥責）退下！
隨　從：是！
胡縣令：你落車頭無探聽，竟然敢佇我的地盤亂來，等一下予你一頓粗

飽了後，看你欲按怎聳鬚。

（白師爺拉胡縣令衣袖，暗示縣令止話。）

胡縣令：莫閣摸矣……（自作聰明）我知啦……（胡縣令手心向上，媽媽桑見狀，立即奉上一袋銀兩。）

田弘遇：（不動聲色）請問胡大人，老夫何罪之有？

胡縣令：大膽刁民，見著本官不行跪禮，就是藐視國法，罪該萬死。

田弘遇：（笑）胡大人，公堂之上，公然接受烏西，你才真正是該死！閣再講，老夫向你磕頭，你敢承擔會起？

胡縣令：（天真）白師爺，伊哪會按呢講話？

（白師爺附耳提醒，胡縣令臉色大變，媽媽桑卻順勢反罵田弘遇。）

媽媽桑：【雜念】你這个大膽狂徒，恁祖媽這條白白布，

煞予你染到烏，我是正正當當咧做頭路，

毋捌逃稅偷食步，銀票金條是照禮數，

晟養孤女嘛真辛苦，你烏西之說未免太糊塗！

（撒嬌）唉呦，縣老爺……人阮這款良民，是點燈仔火嘛揣攏無……

胡縣令：（拍驚堂木）大膽……

媽媽桑：（好心提醒）田先生，縣老爺咧講你……

胡縣令：（急）大膽春花……

媽媽桑：（撒嬌）小女子佇遮……

胡縣令：（口吃）你……你……喙共我窒咧！

（胡縣令叫衙役搬來椅子，請田弘遇上座，並下跪請罪。）

胡縣令：下官有眼不識泰山，不知田國丈遠道而來，招待不周，有失職守，下官罪該萬死。

（所有的人跟著跪下請罪。）

田弘遇：（笑）無錯……你是千該萬死。

媽媽桑：（職業化）唉呦，大人，看你頭大面四方，肚大居財王，我就知影，你絕對是一个無簡單的人物。拄才我是佮你滾耍笑的。

胡縣令：來人啊！將春花掠起來……

媽媽桑：（發抖）冤枉啦……這一切是……是……是冒辟疆惹出來的。

胡縣令：來人啊，將冒辟疆直接押入大牢。

冒辟疆：（咆哮）我何罪之有……

陳圓圓：大人，代誌既然由我引起，我願意受罪……請你手梳攑懸，放過冒公子……

（田弘遇笑而未答，示意衙役將冒辟疆帶下。）

田弘遇：（賊笑）大膽春花，竟敢私通縣令，烏西避罪，買賣人口，逼良為妓，喪盡天良，罪無可赦。

（媽媽桑跪地求饒，其他歌妓也跟著求情。）

田弘遇：代念你尚有後悔之心，就予你一个帶罪立功的機會。春風樓所有歌妓全部進宮學藝。（利誘）到時若有人得到皇上的寵愛，你這个做媽媽的就一世人榮華富貴矣……

媽媽桑：好、好、好，我欲來去京城好命。

田弘遇：歹勢，是偲……你……留落來……

媽媽桑：按呢袂使啦……田大人，我這陣查某囝若走，我後半世人欲靠啥人？

田弘遇：這毋是你會當主意的！（大笑）人啊，猶是留一粒頭食飯較實在……

陳圓圓：（堅決）一入侯門深似海，我無想欲綴是非之人，入是非之地。

田弘遇：老夫尊重姑娘你的意見，毋過……冒辟疆的性命，老夫就無法度保證矣……

陳圓圓：你……你卑鄙……你愛我入宮，換取冒公子出獄？

田弘遇：是！你入宮之日，就是冒辟疆恢復自由之時。

（燈微暗）

（陳圓圓與冒辟疆各懷心思。）

陳圓圓：【唱】伊正氣威武，天生大丈夫，挺身解圍義不容辭，

冒辟疆：【唱】我皮囊之軀，毋同流合污，階下成囚命運沈浮。

陳圓圓：【唱】我怎能看伊，清白遭陷害，身陷監牢無端受災，

冒辟疆：【唱】伊珠淚雙垂，委屈惹憐愛，為情為愛我願上斷頭台。

陳圓圓：【唱】閻王面頭死抑生，一時躊躇驚無命。

冒辟疆：【唱】巧遇娉婷是吾幸，此心已傾，我跪求七世情。

陳圓圓：【唱】捨身棄愛冷如冰，戲假情真心頭凝。

冒辟疆：【唱】巧織罪狀傷僥倖，今世已盡，我只盼來生盟。

（獄卒拿信給冒辟疆。）

陳圓圓：（隔空唸信）冒公子，圓圓本是一个青樓歌妓，今日被公子錯愛，圓圓感動萬千，毋過青樓自有伊的規矩，啥人錢濟，我就是啥人的。冒公子，論權論財，你是無法度佮當今皇上比的，所以我欲進宮矣……這世間有才德的女子真濟，毋通為一个漂浪在風塵的歌妓自毀前程。圓圓訣別……

冒辟疆：【唱】一次春風樓的秋波暗送，
換一段無結果的青春戀夢……
想欲佮你蝴蝶雙飛結連理，想欲佮你月老面前牽紅絲，
想袂到你……你……你……，你是一个愛慕虛榮的嬌嬌女，只見新人面前笑微微，不知舊郎為你病相思……

陳圓圓：【唱】外表堅強，內心全是傷，我圓圓猶原著愛展笑容，你敢知影我……我……我……，我被你問甲無語可回痛心腸，啥瞭解離了鄉、進了宮，天涯咫尺難思量。冒君啊……毋通閣為情悲傷，就當做……當做……當做我是錯開的夜來香……

（獄卒放出冒辟疆，冒辟疆舉步艱難。）

冒辟疆：【唱】自甘墮落風塵女，望得龍恩做貴妃，
斬斷情絲進宮去，我心灰意冷步難移。

陳圓圓：【唱】今朝進宮保冒郎，前程迷茫人滄桑，
投身愛牢將君放，萬縷情絲心內藏。

（冒辟疆與陳圓圓交錯間互瞥一眼，相背而唱。）

兩　人：【齊唱】從此我是一場風……

（冒辟疆下。田弘遇主僕二人上。）

隨　從：田大人，你帶遮的歌妓入宮，有啥拍算？

田弘遇：（大笑）你綴我遮久，敢毋知影，這京城的事事項項，攏愛靠這（指銀兩）。銀兩是死錢，這美人是活錢，就看你按怎運用。你想，若是文武百官一人送一个，你看咱會當省偌濟？

隨　從：大人想法真周至，按呢這个陳圓圓欲怎樣安排？

田弘遇：上好的，當然留予上大的。

隨　從：有理！若是皇上龍心大喜，咱就算是立大功，這聲看啥人敢佮咱作對？

（燈暗）

第五場
錯愛結鴛鴦

時間：崇禎十四年（一六四一年）
場景：皇宮內某後花園
人物：崇禎皇帝、田弘遇、文武大臣數名、太監數名、陳圓圓、歌妓數名、吳三桂、轎夫、媒婆

（崇禎皇帝設宴邀請文武大臣，共商國事。）

崇　禎：朕今日設宴，除了慰勞諸位為國盡忠，也想欲向各位請教如何平定李自成彼幫亂賊？

大臣甲：稟皇上，臣認為應該速速派出御林軍，征討李賊，收復民心。

大臣乙：啟奏聖上，御林軍應該鎮守京城，守護天子安危，怎可擅離職守？

大臣丙：皇上，何不讓吳三桂將軍率領「關寧鐵騎」，來剿平亂賊。這關寧鐵騎威震八方，只要鐵騎一出，亂賊絕對逃之夭夭。

吳三桂：啟稟皇上，此事萬萬不可，這內賊只是小角色，皇上真正愛提防的才是鑾金作亂，關寧鐵騎一旦出了山海關，後金一定大軍南下，直取中原。

崇　禎：（不悅）罷了……罷了……剿匪一事他日再議！諸位請用！
田弘遇：啟稟皇上，臣備有歌樂表演，欲請皇上以及列位大臣欣賞。
崇　禎：（闌珊）也好……這良辰美景，需要歌樂助興，宣怹進殿。
田弘遇：是……
（田弘遇拍手，喚陳圓圓及數名歌妓入。）
（陳圓圓向皇上請安後，彈起琵琶，其他歌妓隨之伴舞。）
陳圓圓：【唱】獨倚西樓託春風，春風笑阮帶輕狂；
孤賞明月盼情郎，情郎猶在幻夢中。
舉杯澆愁，愁更愁，關窗掩憂，憂更憂，
妾持一杯交心酒，無人對飲淚自流。
今朝山盟與海誓，一別何時再相會？
怕是夢醒酒退，勞燕分飛。
誰言歌女多薄倖，撥雲見日待真心，
但願君心似我心，有風有雨亦有情。
（陳圓圓奏畢，掩面告退，卻被崇禎皇帝留下。）

崇　禎：姑娘留步，請你擧頭起來。
陳圓圓：圓圓毋敢，驚會冒犯聖顏。
崇　禎：無妨。
（陳圓圓抬起頭來，全場靜謐。吳三桂被圓圓的美攝住了。）
吳三桂：【唱】淩波微步三寸金蓮，花容月貌可比天仙，
莽漢微醺佳人面前，捻指之間彷如萬年。
出入花欉鶯鶯燕燕，唯獨對伊愛意甚堅，
情意綿綿上驚緣淺，願用千金換伊笑顏。
崇　禎：好一个傾國傾城的女子。你叫做圓圓？這名真好聽，圓圓滿滿。
陳圓圓：阮本是殘缺之人，毋敢數想圓滿。
崇　禎：喔？
田弘遇：（打圓場）啟稟皇上，圓圓乃是微臣的義女，十年前可憐伊父母雙亡，孤苦無依，就將伊收做義女，教伊讀書識字，人情義理。琴棋書畫，無一不通，可謂女中丈夫。
崇　禎：田愛卿，你啊你……好好的一蕊花，予你藏牢牢。

田弘遇：伊是臣的心肝肉、掌中珠啊⋯⋯

崇　禎：圓圓，你唱了真好，朕龍心大喜，你想欲啥？儘管說來，朕攏賞予你。

陳圓圓：按呢就請皇上允准圓圓出宮。

田弘遇：（生氣）你⋯⋯⋯⋯

崇　禎：（狐疑）為啥物？義父毋是對你袂穤？

陳圓圓：稟皇上，圓圓只是一个小小的歌妓，毋敢高攀權貴，更加毋敢瞞騙皇上，冒犯欺君大罪。

崇　禎：（怒）田弘遇⋯⋯⋯⋯

田弘遇：（惶恐下跪）皇上請赦罪，罪臣只是想欲分擔聖上的憂勞，才會遮爾糊塗，請皇上帶念臣的一片忠心，饒臣一命。

吳三桂：【唱】人人欣羨龍鳳緣，伊無留戀說實言，
出身低微毋瞞騙，甘冒殺機志比天。

崇　禎：（怒）好一个忠心一片，你竟敢欺騙朕⋯⋯罷了！看在田愛妃的面子，朕就饒過你這條老命，從今以後行為舉止更加需要謹慎。

田弘遇：（磕頭）臣叩謝皇上不殺之恩！

崇　禎：陳圓圓，你落去！

陳圓圓：是。

（陳圓圓下場後，崇禎帝召喚太監。）

太　監：來人啊！前往皇后寢宮。

眾臣工：奉送聖上。

（崇禎皇帝下，眾臣起身奚落田弘遇。）

大臣甲：你看……皇上予你氣甲走去皇后彼爿過暝矣……

大臣乙：田國丈，這擺你真正是青盲仔點燈——白費心機……

大臣丙：我看我猶是家己轉去咻較自在。

大臣甲：田國丈，你想欲送陳圓圓佮皇后拚輸贏，予田貴妃抾現成的，結果煞白了工……

大臣乙：皇上佮皇后本來就足好矣，田貴妃會當得到聖寵，愛滿足矣……

大臣丙：若無其他代誌，下官欲告退囉……

田弘遇：（悶）無送……慢行……

（眾大臣陸續走掉，田弘遇喝起悶酒。）

田弘遇：（喃喃）好好一盤棋，煞奕甲輸輸去，這陳圓圓真是毋知好歹，我看規氣閣共伊賣轉去青樓做妓。

吳三桂：田國丈⋯⋯田國丈⋯⋯

（田弘遇循著呼喚聲，發現吳三桂。）

田弘遇：原來是吳將軍⋯⋯你是專工留落來看我的笑話是無？

吳三桂：非也，非也。「國難識忠臣，亂世見忠貞」，田國丈忠心護主，實在予三桂誠敬佩。

田弘遇：（笑）過獎囉⋯⋯吳將軍嘛是忠良之將啊⋯⋯（頓）依將軍之見，內有賊寇，外有蠻軍，內外交逼之下，這大明敢閣有救？

吳三桂：毋免驚！「關寧鐵騎，天下第一」，有我鎮牢咧，後金過袂過山海關！

田弘遇：若萬一⋯⋯（支吾其詞）

吳三桂：喔⋯⋯下官了解國丈的意思矣⋯⋯（果決）若是你願做順水人情，將圓圓送予我，若有啥物萬一，我吳三桂一定先保護貴府，才保大明江山！

田弘遇：（大笑）我就知影恁才是天生的一對，四配，四配！哈⋯⋯

吳三桂：感謝國丈你的成全。

（喜慶八音隱約響起。陳圓圓身著嫁衣，與田弘遇對話。）

田弘遇：（虛偽）圓圓，我是真心將你當做是我的親生查某囝，一開始欲將你獻給皇上，只不過是希望你過好日子……毋過我錯囉……

【唱】後宮三千美娥嬌，奸謀巧計為君嬈，
籠鳥之苦你知曉，親像落葉水面漂。

自古美人配英雄，所以將你許配予吳三桂大將軍，應該愈四配。

（陳圓圓彷彿瞥見六歲時初見吳三桂的畫面。）

陳圓圓：【唱】想彼時，媽孫仔孤苦無人依，
巧遇吳將軍赴京來領旨，
三兩碎銀心中記，恩情欲報候時機……

伊敢是鎮守山海關的吳三桂？

田弘遇：正是！伊是蓋世英雄，你敢願意嫁伊？

陳圓圓：【唱】敢是天意巧安排？選定三桂為翁婿……

（陳圓圓點頭答應，嬌羞地低下頭。）

田弘遇：真好，自這時起，我收你為義女，以後田府就是你的後頭。
媒　婆：時辰已到……
陳圓圓：【唱】紅頂四轎對遮來，交付終身敢應該？
媒　婆：【唱】鳳凰雙飛好情愛，姻緣自有天安排。
（幫圓圓蓋上頭巾）姑娘請上轎矣……
（圓圓入轎，喜慶八音逐漸變調，此時轎夫扛起大轎。）
轎夫們：【唱】三桂癡戀美人胎，田老獻美揣路退，
兩人密會的計中計，予圓圓墜落愛情的迷中迷。
計中計，敢會一生攏做伙？
迷中迷，這是真愛抑是假？
（陳圓圓出轎，環顧四周，然後褪去嫁衣。）
陳圓圓：【唱】洗盡鉛華為君郎，望伊疼花惜紅妝，
夫妻齊心度風浪，翁唱某綴過風霜。

（燈暗）

第六場
短夜恨長情

時間：崇禎十四年（一六四一年）深夜
場景：吳將軍府
人物：陳圓圓、吳三桂

（燭光下，陳圓圓為吳三桂縫補戎裝。）
陳圓圓：【唱】月明星稀惜別暝，千言萬語難捨離，
臨別軍衣密密紩，紩入綿綿密相思。
結髮情意甘蜜甜，為守邊疆拆分離，
明日金烏若東起，天涯羈旅兩依依。
（陳圓圓見吳三桂入，放下戎裝。）
陳圓圓：三桂兄，你猶未睏？
吳三桂：你看，這十五暝的夜色遮爾婧，月娘光光帶柔意，無啥物天星來攪吵，我實在毋甘睡。
陳圓圓：你明仔載就欲轉去山海關，途中千山萬水，若無較早歇睏，會無精神……
（吳三桂看著陳圓圓出神。）

陳圓圓：（抬頭發現，嬌羞）三桂兄，你是咧看啥？

吳三桂：圓圓，既然咱已經成親，你是毋是應該改叫我一聲相公？

陳圓圓：（害羞地）相公⋯⋯

吳三桂：【唱】你清秀淡雅如花婧，嫣然一笑賽西施，
幼針密紩寫情意，我見猶憐燈下時。

陳圓圓：【唱】千金難買真情愛，毋信幸福喚不來，
含羞面紅問翁婿，敢是一時的失主裁？
「天變一時，人變無疑」，有時陣，人心比天象變閣較緊，較歹掠。

吳三桂：喔⋯⋯原來你是煩惱我變心啊⋯⋯
【唱】人講坐船同渡十年修，百年換得鴛鴦遊，
琴瑟和鳴人長久，歲歲年年共春秋。

陳圓圓：【唱】你馳騁沙場立戰功，號令如山震驍雄，
一句誓言千金重，為君守節我堅意從。

吳三桂：【唱】我一夫當關蓋九川，力挽狂瀾保江山，
良宵苦短配鳳鸞，情意綿長等凱旋。

（陳圓圓幫吳三桂穿上戎裝。）

陳圓圓：【唱】男兒立志護鄉里，怎能為情來抗旨，

吳三桂：【唱】我有佳人不離棄，海角天邊心有依。

陳圓圓：【唱】千言萬句化無語，行針步線紩情詩，

吳三桂：【唱】你的叮嚀藏軍衣，伴君跋涉千萬里。

圓圓，回關路途遠迢迢，實在無方便悉你去，希望你在京城一切平安，我會趕緊轉來看你。

陳圓圓：相公，你的手借我。

（吳三桂伸出手，陳圓圓突然用力一咬，吳三桂忍痛。）

吳三桂：圓圓，你哪會咬我？

陳圓圓：這齒痕雖然真緊就會無去，毋過這是我唯一會當留佇你身軀的記號，向望相公你會記得這款痛的感覺。

吳三桂：圓圓，相信我，這个感覺……我這世人攏會記得。

（燈暗）

第七場
皇魂訣江山

時間：崇禎十七年（一六四四年）
場景：京城城內／城外
人物：闖軍數名、崇禎皇帝、周后、王承恩、陳圓圓、劉宗敏、大臣及
百姓數名

（城外。闖軍直攻京城，吆喝聲此起彼落，闖字旗隨處飄揚。）
眾闖軍：【唱】唅物叫做公理？唅物叫做正義？
阮毋是賊匪，阮只想欲止飢。
皇帝無能揣無步，百姓欲行嘛失前途，
苛政重稅官若虎，食銅食鐵將錢烏。
順民者興逆者亡，闖王形勢比人狂，
召集人民來結黨，攻打京城做帝皇。

（城內。崇禎皇帝手執寶劍，猶如喪家之犬，坐在高台觀陣。）
崇　禎：來人啊！閣派兩萬御林軍出城殺敵……
（崇禎發現無人應聲，再度喚了一聲。）

崇　禎：來人啊！這人攏走去佗位？

（周后頭戴鳳冠，身著皇服急入。）

周　后：啟稟皇上，臣妾在此候旨。

崇　禎：愛妃，較緊咧，替朕召集文武大臣殿前會議。

周　后：皇上，文武百官攏逃走矣……

崇　禎：（頹坐龍椅）攏走矣……哪會攏走矣……

（太監王承恩急入，跪地叩見崇禎。）

王承恩：啟稟皇上，罪臣救駕來遲，請皇上趕緊隨臣離開。

崇　禎：文武百官咧？

王承恩：稟皇上，叛賊曹公公早就召集一堆叛臣，開城門迎接李自成，這……這京城恐驚保袂牢矣……

崇　禎：趕緊傳吳三桂入京護城。

王承恩：皇上，吳軍慢如牛步，目前未出寧遠城，他……（頓）應該是袂來矣！

崇　禎：好一个吳三桂！朕真是識人不清！（感嘆）這時，若是袁崇煥將軍在此就好矣……

王承恩：皇上，這京城欲破矣！咱猶是緊走！

周　后：皇上，緊來走，光復大明猶需要你……

崇　禎：朕毋走！大明江山若是失守，無論天地偌大，也無朕容身之處！閣再講，朕若走，這世人閣會按怎議論我？朕會當因戰而亡，萬不能因退而生。

周后、承恩：（勸）皇上……

崇　禎：莫閣講矣！朕心意已定，勸說無效。（柔軟）愛妃，猶會記得幾年前一个雷聲大響的暗暝，咱約束講欲做伙看大明江山一代傳一代。

（周后像母親保護小孩般，抱著崇禎。）

周　后：（哄騙）江山風雨飄搖，是前朝累積落來的問題，就算是大羅神仙嘛無法度解決。皇上你每日想的，攏是按怎予百姓過好日子，你已經盡力了……

崇　禎：佇朕落難之時，只有愛妃你踮朕的身邊。（苦笑）愛妃果然才是佮朕患難共存的知己。

周　后：皇上，臣妾今仔日有婧無？

崇　禎：（撥弄髮絲）真婧……真婧……按呢才是咱大明朝的皇后，
　　按呢才袂失咱大明朝的面子。

崇　禎：【唱】想過去……二八懵懂少女時，身家清白平民兒，
　　柳眉鳳眼流珠淚，嫁入信王府做貴妃。

周　后：【唱】憶當年……相貌堂堂少年時，文采風流好鴻儀，
　　胸懷謀略志千里，毋知未來皇帝竟是伊。

崇　禎：【唱】帝王之身非吾志，天降大任來登基。

周　后：【唱】不覺光陰緊如箭，催逼白髮攙青絲。

周　后：【唱】好夢上驚醒……君無戲言金龍誓，咱比翼連枝共雙飛。

崇　禎：【唱】日頭已落西……身穿龍袍若傀儡，我只恨錯生帝王家。

王承恩：皇上，咱緊走，城門親像破矣……

（崇禎故意忽略王承恩的提醒。）

崇　禎：愛妃，你敢準備好矣？

周　后：（視死如歸）臣妾準備好矣……

（崇禎舉劍欲刺向周后，卻一時心軟，周后見狀，握住崇禎的手用力刺入。）

崇　禎：（大喊）愛妃……

（崇禎將周后擁入懷裡。）

周　后：皇上，你家己愛保重，毋免為我來悲傷……

崇　禎：愛妃，你袂孤單，我會去揣你……

兩　人：【合唱】功過猶待後人議，今生生死永相隨。

（崇禎靜看周后死去。王承恩跪求崇禎快逃。）

王承恩：皇上，閣毋走就袂赴矣……

崇　禎：（舉劍）朕毋走……朕欲佮大明江山共存亡。

（闖軍破城，一時間吆喝聲不斷。崇禎發瘋似舉劍亂砍。）

崇　禎：還我江山，李自成，朕欲共你刣死；努爾哈赤，朕有山海關，朕毋驚你。

（崇禎停止揮劍，環顧四周。）

崇　禎：（吶喊）蒼天啊…………

【唱】一種苦疼……欲吼吼袂出聲……

十分驚惶……為何哀鴻遍野……
百般拍拚……猶原難挽天命……
千門萬戶之城……煞變殘牆斷瓦……
亡國之罪無可赦……亡國之君成鬼影………
亡國之史任人寫……亡國之恨我欲講予啥人聽？

崇　禎：（吶喊）我恨啊……

【唱】干戈四起江河裂，愧對列祖頭難擧，
甘願斷頭尻脊正，皇魂永遠護京城。

（此時白綾緩慢降落，崇禎脫下左鞋。）

崇　禎：（跪地磕頭）不肖男朱由檢疏謀少略，愚昧無能，致使親小人，失江山，無顏面對大明祖先，以髮覆面，自縊謝罪。（起身）各位壯士，朕死，既是殘軀，任由恁逐家分割無妨，萬不可傷及百姓。

（崇禎上吊，太監王承恩隨之殉死，明朝旗幟落下，「大順」國幟升起。）

（劉宗敏率闖軍搜查，百姓四處逃難。）

闖軍甲：追討朝廷庫銀。

闖軍乙：將貪汙的金銀財寶全部吐出來。

（闖軍對照人像圖，發現陳圓圓蜷縮在角落。）

闖軍丙：報告劉將軍，發現一名可疑女子，親像是吳三桂的愛妾陳圓圓。

（劉宗敏一見陳圓圓，驚為天人，被其吸引。）

（陳圓圓欲舉刀殉節，被劉宗敏及時救下。）

劉宗敏：（壓抑內心波濤）悉走……

（燈暗）

第八場
情海起風波

時間：崇禎十七年（一六四四年）

場景：京城城內（皇宮後花園、劉宗敏將軍府、金鑾殿）

城外（山海關）

人物：探子數名、軍師、吳三桂、劉宗敏、李自成、陳圓圓、婢女、大臣數名

（山海關。吳三桂來回踱步。）

探子甲：稟將軍，闖王李自成已經攻佔京城，自稱為帝，改國號大順。

軍　師：皇上咧？

探子甲：先帝已經吊脰自殺。

吳三桂：再探。

探子甲：是……

（吳三桂焦躁不安，來回踱步。）

探子乙：啟稟將軍，後金國孝莊皇后派特使送來勸降書。

吳三桂：园下……我無想欲看……

軍　師：你落去！

探子乙：是……

探子丙：稟將軍，大順王李自成送來招降書。

（軍師揮手，示意探子丙下去。）

吳三桂：閣是一張招降書，我吳三桂挾佇中央，不知如何是好？

吳三桂：【唱】銅牆鐵壁山海關，鎮守關外戰野蠻，
脣齒相依亡國嘆，我為誰征戰保民安？
進退兩難陷絕境，歷來忠良難全身，
心緒浮沈若海湧，以何顏面入汗青？

軍　師：將軍，小的有一寡仔想法，毋知該講不該講？

吳三桂：軍師，無要緊，但說無妨。

軍　師：自古以來良禽擇木而棲，咱甘願予勢人做奴才，嘛毋替頇顢的做軍師。

吳三桂：你的意思是……

軍　師：歸順後金。

（燈微暗）

（皇宮內後花園。李自成身著龍袍與劉宗敏密談。）

劉宗敏：大的，敢會當將陳圓圓讓予我做某？

李自成：（裝腔作勢）宗敏，你一路追隨朕，應該知影朕一統江山的決心，無奈關外後金作亂，所以山海關咱必須愛保予牢，這陳圓圓就是朕勸降吳三桂的一步棋，你講的代誌，朕無法度答應你。

劉宗敏：大的，敢講你對咱百萬雄軍無信心？若無，明仔載我就帶一寡兄弟掃平山海關，將山海關搶轉來家己管！

李自成：劉將軍，朕絕不容允你如此衝碰！

劉宗敏：你這馬講話，開嘴合嘴就是朕、朕、朕，你早就毋是我較早彼个大的。

【唱】過去咱是拍虎掠賊的好兄弟，

出生入死鬥陣來扶持，

是按怎這陣變成辛勞佮頂司？

為啥物你坐著龍椅，講話就若搬戲？

李自成：一時風駛一時船，如今朕是九五之尊，講話當然愛斟酌！

劉宗敏：大的，我毋管，江山已經替你拍落來，我啥物攏會當無愛，我唯一的要求就是欲娶陳圓圓做某。

李自成：你！自古紅顏皆禍水，你哪會按怎講攏講袂聽？

劉宗敏：請大的成全……

李自成：我……我真正予你氣死。罷了，清彩你……

劉宗敏：多謝大的！

（燈微暗）

（劉宗敏將軍府。陳圓圓被軟禁，面對一桌好菜，她滿面愁苦。）

陳圓圓：【唱】大順滅明君難返，阮被軟禁留後患，
糊塗配婚我毋願，人言可畏心膽寒。

婢　女：姑娘，你就加減食一寡仔，若無，身體哪會堪會牢……

陳圓圓：我的代誌毋免你管！
【唱】夫為妻天姻緣定，馬掛雙鞍萬不能，
忍辱偷生非萬幸，只求一死保清名。

婢　女：圓圓姑娘，這萬萬不可，你若死，我嘛愛死。

陳圓圓：這……
婢　女：你已經幾若工無食矣……就算我拜託你，食淡薄仔好無？
（陳圓圓不為所動，此時劉宗敏手拿兩粒饅頭入，將婢女支開。）
陳圓圓：（警覺）你欲創啥物？莫過來。
（劉宗敏自顧自地吃起饅頭。）
劉宗敏：你放心啦，阮阿母講過，若無成親，袂當共查某囡仔按怎！這粒予你。
（陳圓圓看著饅頭流淚。）
劉宗敏：（心疼）你哪會咧哭啦……我這个人啥物攏毋驚，就上驚查某囡仔流目屎……
陳圓圓：【唱】聞言不由心傷悲，鼻酸淚流想當時，
若有饅頭通止飢，媽孫仔也免拆分離。
（陳圓圓吃起饅頭，劉宗敏心喜。）
劉宗敏：好食無？
（圓圓微笑，點頭不語。）

劉宗敏：會記得細漢時，我上愛食阿母做的饅頭，饅頭若一炊熟，我喙瀾閣涵涵滴。後來庄仔頭發生大涔旱，五穀欠收，閣加上貪官抽重稅，逐家強欲活袂落去。阿母做一寡仔饅頭，拜託庄仔內的算命仙阿叔炁我出去，伊講佇庄內只是等死……後來我就毋捌閣看過阮阿母矣……

陳圓圓：劉將軍，其實……恁阿母一直活佇你的心中……

劉宗敏：我轉去故鄉揣幾若回，攏揣無，到最後，煞連規个庄頭攏變無去矣……為著欲活落去，我佮阿叔加入反抗軍，綴阮大的拍天下。

劉宗敏：你看……

（劉宗敏拿出畫滿饅頭的畫布，陳圓圓驚訝萬分，但強作鎮定。）

陳圓圓：（喃喃自語）伊敢會是……（試探）這是……

劉宗敏：逃難時，我真驚共阿母做的饅頭食完，所以我共所有的饅頭攏畫佇這塊布內底，按呢我就毋驚食完矣……逐擺腹肚枵的時陣，我閣共伊提出來，一直看，一直想，一直吞喙瀾，騙家己，我真飽……我真飽……

陳圓圓：（喃喃覆誦）一直看……一直想……一直吞喙瀾……

（陳圓圓淚眼雙垂，被劉宗敏發現。）

劉宗敏：（不知所措）我敢是講毋著話？

陳圓圓：無啦……只是聽了真感動，予我想起阮阿媽……

陳圓圓：【唱】百感交集恨佮恩，命運創治天不仁，

相逢何必來相認，總是天涯淪落人。

劉宗敏：這饅頭無論我按怎做，攏做袂出記持內底的彼款口味……（停頓半晌）唉……猶是阮阿母做的較好食……

劉宗敏：【唱】想起老母真感嘆，未盡孝道心不安，

饅頭雖然無稀罕，思母之情重如山。

陳圓圓：將軍，圓圓有一个請求……

劉宗敏：你講看覓！

陳圓圓：放我走好無？

劉宗敏：圓圓姑娘，這點我袂當做主，我會當做的，就是共你囥佇身邊保護你……雖然我真佮意你，毋過你有翁婿矣，所以我袂對你按怎……我看起來歹看面無毋著，但是我是一个君子……

陳圓圓：若無，咱以兄妹相稱，你做我的阿兄，好無？

劉宗敏：（考慮半晌）好！小妹，若有一工，你佮彼个吳三桂離緣，我就𤆬你離開遮，去一个無人熟識的所在。逐工相刣的日子，我已經過了真忝，我想欲做一个平凡人，有一个某通好攬，生一堆囡仔。

【唱】翁仔某，食菜脯，雙人仝心毋驚苦，
翁來剉柴某織布，牽手共度風雨路。

陳圓圓：阿兄，我嘛希望有彼款的生活。（感嘆）只是身在亂世，想欲佮所愛的人太平過日是偌爾困難的代誌……

（燈微暗）

（山海關。探子再度向吳三桂報告。）

探子甲：啟稟將軍，大順王李自成再送招降書。

吳三桂：送過來……

探子甲：是……

（吳三桂看完，停頓半晌。）

吳三桂：【唱】大順黃金數千萬，急送邊關助軍援，

五尺以上男子漢，毋做蠻狗忘本源。

吳三桂：（猶豫）我哪通手提順風旗，做後金的門神？

軍　師：總兵，你愛想予清楚！踅毋著注，就規盤全輸。

探子乙：稟將軍，夫人陳圓圓被大順王掠走。

吳三桂：如今夫人人在何處？

探子乙：目前踮在劉宗敏的將軍府。

軍　師：再探。

探子乙：是……

吳三桂：真是欺人太甚……一手送招降書，另外一手霸佔我的女人，你共我吳三桂當做啥物？

軍　師：總兵，這時陣更加需要冷靜。李自成的這步棋，咱著愛靜觀其變，千萬毋通為著女人誤事。

吳三桂：（思考半晌）嗯，有理。

（金鑾殿。大順王李自成殿前議事。）

李自成：各位大臣，關於吳三桂招降之事，逐家有啥物看法？

大臣甲：臣認為千萬不可操之過急，食緊挵破碗。

李自成：眾卿，恁猶有啥物想法，儘管講無要緊，朕賜逐家無罪。

大臣乙：皇上會當命令伊父親吳襄寫批勸降，自古良子從父言，此計一定有效。

李自成：伊若毋聽話欲按怎辦？

大臣丙：稟皇上，就以吳家一家性命來威脅，若是不從，就滿門抄斬。

劉宗敏：好，大的，這招好……無教袂乖，若無乖就愛教甲乖。

（眾人退。燈暗。）

（吳三桂、劉宗敏、陳圓圓及李自成四人隔空對話，唯獨李自成始終背台。）

陳圓圓：【唱】與君離別千里程，夜夜相思愁滿胸，
望得夫郎知吾性，轉交月娘寄真情。

劉宗敏：【唱】螿蜍數想食天鵝，愛較慘死無奈何，
為伊癡戀袂風騷，我是溫柔的『醜帥哥』。

吳三桂：【唱】翁某本是同林棲，大難來時隨人飛，
縱有征衣夜夜陪，此情宛如雲過月。
圓圓，你敢會反背我？

劉宗敏：小妹，我會癡心等待你。

陳圓圓：三桂，我佇遮等你轉來。
【唱】鴛鴦夢殘為你等，脂粉未施貌平凡，
菩薩面前來下願，解甲歸田早團圓。

劉宗敏：【唱】緣投仔攏是白賊桑，真心對待無幾人，
猶是穤翁食袂空，互相扶持一世人。

吳三桂：【唱】愈想愈凝心怨感，紅杏出牆情虛假，
　　落巢之卵暗立誓，私情已盡袂挽回！
（轉念）敢會是我誤會伊？
【唱】圓圓啊！你敢是檻猿籠鳥，不由自己？
　　你敢會捲簾望月，淚繫情絲？
　　若是三桂無能保妻兒，我必定無地自容受人譏！

李自成：（背台）吳三桂，朕看你出自忠臣孝子之門，希望你毋通予朕失望。

吳三桂：（猶豫）倚後金這爿，父親必死無疑，毋過倚大順彼爿敢會久長？這忠孝之間如何兩全？（堅定）罷了⋯⋯父親既然不能成忠臣，我也無必要做孝子！著！修書一封，速交關外，引韃兵進關，共剿李賊，搶回圓圓。

（李自成震怒，轉身。）

李自成：吳三桂，你誠大膽，竟然敢私通後金，來人啊！將吳家滿門抄斬，一口不留。

第九場
妒火引戰戎

時間：崇禎十七年（一六四四年）
場景：戰場
人物：吳三桂、吳順大軍數名、劉宗敏、大順探子、李自成、陳圓圓、
金國特使

（一束光劃破黑暗，照著一身素白喪服的吳三桂。）
吳三桂：圓圓，你等我，我絕對將你搶轉來……父親大人，你的死袂白
死，不孝兒三桂咒誓，一定欲將亂賊李自成碎屍萬段。
（吳三桂拿出弓箭，往京城方向射去，宣示討伐之心。）
（隨著戰鼓隆隆作響，燈漸暗。）
（燈亮。吳三桂率領眾將兵身著喪服，祭悼大明。）
吳三桂：（虛假）京城失守，先帝自吊三尺綾羅，咱山海關的將士，
個個深受朝廷厚恩，應當以死報國！
吳　軍：（雄壯）以死報國！
（戰鼓持續作響，吳軍全體脫下喪服，露出戰袍，人人鬥志激昂。）

（劉宗敏率兵備戰。）

探　子：稟將軍，叛賊吳三桂率領十萬大兵，加上蠻軍十萬，直攻京城而來。

劉宗敏：真好，吳三桂，我等欲佮你釘孤枝等真久囉……我軍十萬準備應戰。

（吳軍與大順軍兩方對壘，打殺聲直衝天際。）

幕外音：【唱】烽火連天燒戰埕，軍刀戎馬論輸贏，
白刃染血捨性命，號鼓招魂心驚驚。

（吳、順兩軍短兵交接。）

吳　軍：恁這幫叛明的亂賊。

順　軍：恁才是真正叛明的亂兵。

幕外音：【唱】殺氣騰騰威風凜，各護其主不顧身，
可憐屍骨無人認，一坵黃土蓋功名。

（李自成身著龍袍觀戰，陳圓圓被綁在旁，做為人質。）

（劉宗敏上馬，對戰吳三桂。）
劉宗敏：恁逐家攏閃，我欲佮吳將軍單挑。
吳三桂：眾將士退下，劉宗敏由我來對付。
劉宗敏：吳三桂，功夫盡展出來，才免予人講我欺負你。
吳三桂：你搶走我的陳圓圓，今仔日就是你的死期。
劉宗敏：是查埔囝的話，就廢話減講，做你來……
（吳三桂與劉宗敏雙方纏鬥甚久。）
幕外音：【唱】妒火引燃雷霆氣，兩虎相爭佈殺機，
　　　　爭情奪愛失理智，刀光劍影決雄雌。
（劉宗敏敗陣，被吳三桂以刀架在脖子上，李自成見狀，取下陳圓圓口中物。）
陳圓圓：吳郎，千萬不可，伊是好人……
（吳三桂聽到陳圓圓求情，更顯氣憤。）
吳三桂：陳圓圓，你……
劉宗敏：成者為王，敗者為寇，圓圓，你無必要為我求情……

吳三桂：（氣到語塞）你！恁兩人有夠袂見笑，真是一對奸夫淫婦！

（吳三桂怒火中燒，一刀刺向劉宗敏，劉宗敏命危。）

陳圓圓：（大喊）阿兄……

（李自成放走陳圓圓，趁勢想逃，卻被吳三桂發現，兩人過招數回。）

（劉宗敏以僅有力氣拿出畫布。）

劉宗敏：（笑）小妹……這饅頭收予好，毋通予人看到……（不捨）
毋通哭……愛笑……

陳圓圓：阿兄……我知影……（又哭又笑）愛一直看，一直想，一直
吞……目屎……

（李自成撤兵，吳三桂欲率兵追趕。）

特　使：聖旨到……

（吳三桂率領將士跪地聽旨。）

特　使：奉天承運，皇帝詔曰，查漢臣吳三桂協助滿軍入關定國，特封
清朝平西王，賞銀萬兩。

幕外音：【唱】滿清易幟入廟堂，坐擁江山稱帝皇，
五湖四海歸一統，滄海桑田已不同。
吳三桂：（率軍）臣等叩謝天恩。
幕外音：【唱】大明大順連紲倒，引清入關立功勞。
國恨家仇心中鎖，叛骨罪名難脫逃。

（燈暗）

終　場
淚眼問英雄

時間：清入關後數年
場景：王爺府內後花園
人物：吳三桂、陳圓圓、歌妓數名

（黑暗中，隱約聽到歌妓們的嬉鬧聲。）
幕外音：【唱】多年兵戎多紛爭，英雄易老月難明，
　　牆頭之草世人恨，半壁江山定奸臣。
（吳三桂喝醉酒，與歌妓們尋歡嬉戲，已不復當年英雄氣勢。）
吳三桂：【唱】葡萄美酒夜光杯，溫柔花鄉蝴蝶迷，
　　手抱美人上涼勢，人生不過水流溪。
吳三桂：我的好美人，恁佇佗位？
陳圓圓：【唱】當初英雄蓋世冠三軍，驍勇善戰無敵戰魂，
　　如今流連花欉解心悶，貪聲逐色人鬼不分。
吳三桂：莫閣覕矣！哥哥來揣恁矣！
（吳三桂誤抱陳圓圓，他拉下蒙眼布，臉色鐵青。）

吳三桂：是你！你來遮創啥！
陳圓圓：今仔日，我是欲來佮你相辭。
吳三桂：相辭？你這个害我身敗名裂的禍水，這世人皆知，你猶有啥物所在通去？
陳圓圓：只要離開遮，啥物所在攏好。
吳三桂：你毀掉我的一生，我這世人是無可能放你走！
陳圓圓：何必互相折磨？
吳三桂：【唱】衝動娶婊來做某，怪我當初太糊塗，
這陣才著心苦楚……
你看，大明朝崇禎、田弘遇、賊寇李自成、劉宗敏……這一个一个攏佮你有曖昧……
【唱】江山殘破被你誤！
陳圓圓：（激動）你傷過份矣……
【唱】花無百日紅，我為你青春花蕊不再紅；
人無千日好，我為你獨守空房亂心槽。
吳三桂：【唱】你害我，變成茶前飯後的話題，

陳圓圓：【唱】你害我，變成廟口講古的笑詼。
你願做清國走狗守門庭，你搖搖擺擺西瓜倚大爿，
做好做歹攏是家己來決定，你見笑轉受氣是非不清。
紅顏絕非薄命女，只因傾國變禍水，
毋願代罪來受累，千古罵名奉還你……
（吳三桂要打陳圓圓耳光，又覺不妥，卻被陳圓圓反咬一口。）
吳三桂：啊……你……
（吳三桂一痛之下，摑陳圓圓耳光。）
（陳圓圓直視吳三桂，讓吳三桂感到心虛。）
吳三桂：【唱】看著齒痕心畏寒，誓言似毒鑽心肝，
昔日鴛鴦情毋散，如今愛恨攏折磨。
陳圓圓：（幽幽）吳三桂……會記得這種感覺無？這就是心痛的感覺。
（陳圓圓欲走，吳三桂踉蹌取劍，待拔劍後，發現劍已殘，棄之。）
吳三桂：（咆哮）我不准你走，你是我的……你永遠是我吳三桂的！
（陳圓圓以匕首斷髮明志。）
陳圓圓：【唱】此生如夢夢難忘，前塵似霧霧罩茫，

愛恨情仇盡隨風，笑看往事已滄桑。

（陳圓圓與吳三桂對望後，堅決離開。）

（吳三桂頹坐在地，裝扮與陳圓圓相似的歌妓們上。）

歌妓甲：（展示）王爺，阮逐家攏是陳圓圓啊……你聽……

（學陳圓圓唱）

眾歌妓：【唱】誰言歌女多薄倖，撥雲見日待真心，
但願君心似我心，有風有雨亦有情……

眾歌妓：好聽無？王爺……為著這場表演，阮練真久……

（吳三桂搖晃中起身。）

吳三桂：（大笑）恁攏唱了真好聽，來……攏賞……攏賞……

（吳三桂欲抱親歌妓，卻沒抱著。）

歌妓乙：（撒嬌）王爺……來啦……咱閣來耍一擺覕相揣。

（歌妓乙將吳三桂蒙眼後，再將他轉了幾圈。）

歌妓乙：這馬咱欲開始囉……

歌妓丙：王爺，來掠我……

（燈光隨著幕外音的吟唱緩慢轉暗。）

幕外音：【唱】家國殘破失民意，百姓啼哭血淋漓，
逐鹿中原群豪起，勝王敗寇在天機。
江山猶原景如畫，自古興亡得幾回，
亂世英雄氣不短，淚問傾國誰之罪。

劇終

布袋戲劇本

狐說聊齋之換身・幻生

二〇二〇年大稻埕戲苑
第七屆青年戲曲藝術節

創作理念

《聊齋志異》四百三十篇中，討論狐狸的篇數有七十篇，裡頭留存各種狐仙的面貌，大抵都存在正向的意圖與行為，可見狐狸在蒲松齡的潛意識裡，具有某種特殊的意義。此劇本架構取自〈商三官〉的故事原型，是個少數沒妖、沒鬼、沒狐的單純故事，因此我保留故事的外框，並改動角色關係，以便將狐仙的元素加了進來。

選擇以這篇冷門小說〈商三官〉為創作梗概，最初是因為故事裡頭的官商勾結、女強男弱、性別扮演、戲班闖蕩等元素，在在吸引著我。天啊！這不就是現代社會經常遇到的社會議題嗎？我期許自己能在此作品中，透過與經典的對話，回應當代人類面臨的困境與認同。在《狐說聊齋》裡，商三官即是狐仙；我以狐狸的形象，代替石虎發聲，藉由棲息地被毀、狐仙報恩、狐仙渴望成為人類等橋段，逐步堆疊情節，最後一記「真心換絕情」的驚悚回馬槍，撕扯人類貪婪與虛假的面具，控訴人類的自私與殘酷。

劇情大綱

商父遭惡霸王天賜縱火身亡，商臣與商三官至衙門擊鼓鳴冤，但衙門始終不開，卻又無能為力。商三官決定暫緩婚約，假扮男身，赴走他鄉，尋機為父報仇。途中巧遇戲班班主，於是入班學藝，並改名為李玉。某日，王府請來戲班演戲，李玉對王天賜大獻殷勤，在心醉魂迷之下，獨留李玉伺候。李玉以身為餌，趁著王天賜迷濛之時，搬演一折精彩的復仇大戲……

場次說明

序　場　**交錯人生**　火燒山，師妹白狐與師兄銀狐在大火中失散，銀狐的面容被毀。

第一場　**狼狽為奸**　天賜與縣官密室交易，奪地牟利。

第二場　**鳴鼓擊冤**　商臣與三官控訴天賜縱火奪地，害其父過世，反遭天賜奚落調戲。

第三場　**為仇辭婚**　三官暫緩與商臣的婚約，喬裝男身，漂流萬里，尋找報父仇的機會。

第四場　**戲假情真**　商三官入班學戲，改名李玉。在學戲的過程中，班主戲假情真，彷彿愛上李玉。

第五場　**醋海翻波**　戲班入王府搬戲。李玉色誘天賜，天賜留李玉伺候，班主醋海翻波。

第六場　夙願終償

李玉與天賜同台搬戲，李玉刺殺天賜未果，千鈞一髮之際，班主持刀刺向天賜。

第七場　人說鬼話

關於王天賜的一百種死法，像是接力般在眾人的嘴巴裡流竄。

第八場　孤注一擲

父仇已報，三官依約回轉，欲與商臣成親，班主提醒三官兩人非同類，無法幸福，三官離開後，班主化回銀狐。

第九場　愛的終篇

三官相信商臣的承諾，託付真心予商臣。深情之吻讓三官變回白狐，商臣驚嚇之餘，打死白狐。

終　場　狐說聊齋

銀狐靠近，舔舐白狐屍體，人終究是世上最可怕的妖。

人物說明

（人物說明主要依據出場序排列）

【演員】

蒲松齡　現代裝扮，象徵現代的創作者們。

【戲偶】

商三官　乃白狐所化。為報商臣之父的救命之恩，入戲班學戲，伺機報仇。渴望體會人世間的情愛。

商　臣　白面書生，個性軟弱無能，與義妹商三官有婚約。

王天賜　地方惡霸，善官商勾結，狎男欺女，愛戲成癡。

李　玉　為商三官闖蕩江湖的男裝扮相，擅演旦戲，尤其〈穆桂英招親〉一折更是其拿手好戲。

班主

乃銀狐所化，為白狐的師兄。因大火毀容而戴上面具，班主與商三官在陰錯陽差中，由原本的師兄妹，變成師徒關係。

其他

白狐、銀狐、縣官、跟班、老翁、土匪、楊宗保（小偶）、穆桂英（小偶）、聶小倩、群眾偶數個。

198

199

亂世英雄傾國淚

序場
交錯人生

場景：空景

人物：（演員）蒲松齡

（戲偶）商三官、班主、銀狐、白狐

松齡：「人生親像大舞台，苦齣笑詼攏公開」，這句話講的是戲劇，嘛是人生……戲劇是會當排練的人生，人生煞是袂當排練的戲劇……人的一生是掌握佇人的手中，欲按怎轉彎斡角，攏是據在家己的意志……

毋過人啊，自出世到今，攏咧佮命運交纏，好命的順順仔過，歹命的，煞來變成漚戲拖棚……

講來，天，才是上蓋厲害的戲文先生……（頓）千算萬算，攏毋值得天一劃。

（隨著蒲松齡的台詞，舞台同步搬演商三官與班主分離的畫面。）

松齡：親像他兩个行佇命運的雙叉路口，煞因為一个無張持、失覺察，愈行愈遠，終其尾變成一對永遠無法度相認的生份人。

幕外音：來人啊，放火燒山！
（舞台瞬間大火。）
松　齡：恁看！這是一場將您的命運拆食落腹的大火。
（兩隻狐狸在大火中逃難，樹突然倒下，將兩人隔離。）
（銀狐受困火中，白狐欲救，束手無策，來回徘徊。）
銀　狐：袂赴矣……你緊走……
（白狐悲鳴後離開。）
銀　狐：啊……我的面！我的面！

（燈暗）

第一場
狼狽為奸

場景：王府
人物：王天賜、縣官

（王天賜與縣官暗室交易。）

縣　官：交代你處理的彼塊林地，進行了按怎？
天　賜：啟稟大人，攏總照你的交代將林地燒掉，一半做工業區，提高就業率，另外一半，規劃成遊樂園，全力拚觀光……
縣　官：為啥物閣有人擇牌仔抗議？
天　賜：大人，遐攏是一寡好飽傷閒，等欲領便當的人啦……我會用上緊的速度將這件代誌挲掉……
縣　官：（炫耀）天賜仔，做一个好官，無遮爾簡單……
天　賜：大人，你的意思是……
縣　官：這心中就是愛有人民啦，凡事為人民設想……
天　賜：所以……
縣　官：愛為百姓做好代……
天　賜：是、是、是……

縣　官：天賜仔，我共你講，這个BOT，恁爸用盡心思，發包予你，你著愛做予較婧氣的，毋通共我出狀況，若無，你皮閣共我繃予絚……

天　賜：（冷笑，突然一吼）阿狗仔……

（縣官愣住，空氣瞬間凝結。）

天　賜：你天賜仔叫甲真紲喙，我借你搵一下豆油，你竟然規罐共我啉了了，毋知你這个官位坐燒矣未？

縣　官：喔……我……（回神）天賜大的，我毋是這个意思啦……

天　賜：我有才調用一千兩買這个鼻屎官予你做，就有才調予你對這條椅仔頂跋落來……

縣　官：（跪下，低聲下氣）天賜大的教訓了真著，若無大的牽成，我這个毋捌字閣兼無衛生的青盲牛哪有可能做到縣官……

天　賜：你敢知影為啥物我共你改名叫做阿狗仔？

縣　官：毋知呢……

天　賜：就是提醒你，無論你這馬是啥物身份，你永遠只是我身邊的一隻『小汪汪』！

縣　官：當然，當然……（學狗叫，取悅）大的，莫受氣，你大人有大量，原諒狗仔一擺，下回我毋敢矣……

天　賜：大人，這以後閣愛看你的表現囉……

縣　官：天賜大的，你猶是叫我阿狗仔就好……

（天賜得意大笑。）

縣　官：大的，盈暗我有特別請一棚大戲欲演予你看，（曖昧）內底有幾个（賊笑）……保證合你的口味……

天　賜：阿狗仔，你逐項穩，就是這項上貼心……

縣　官：像大的遮爾有身份地位的人，嘛著換新換新，才袂予人看輕……

天　賜：無錯！雖然大某細姨一大捾，毋過龍蝦燕窩食甲癗，嘛著換一盤鳳梨筍絲來過癮……

縣　官：大的，有時仔，身體嘛是愛顧啦……

天　賜：無法度，我甘願做一个風流鬼，嘛毋願規暝寂寞心空虛……

（兩人大笑，燈漸暗，換場。）

204

205

第二場
擊鼓鳴冤

場景：衙門前街道
人物：商臣、商三官、王天賜、跟班

（黑暗中，鼓聲響，一聲冤枉後，燈亮起。）

三　官：冤枉啊……大人！家父死得好慘！

（商三官擊鼓鳴冤，鼓聲震天動地。）

商　臣：（對三官）無效啦……莫閣拍矣……你手攏流血矣……

（商臣啜泣起來，呈現放棄狀態。）

三　官：無要緊，咱繼續，我就毋信衙門袂開！我就毋信青天袂來！

商　臣：就算是將鼓拍破，門抑是袂開……官門八字開，有事無錢毋免來……

三　官：所以咱就按呢放棄，予父親白白犧牲？

商　臣：三官，處理喪事要緊，申冤的代誌，咱另工才講！

（惡霸王天賜與跟班入。）

跟　班：大的，你看頭前遐兩个癮頭是啥人？

天　賜：喔……是咱城內頭名的美男子商臣，佮伊的未婚妻商三官！

跟　班：看戇猴咧搬石頭真趣味，這衙門門禁森嚴，著愛（強調）『刷卡』，才會當入去……

天　賜：行，來去共您這兩个孝呆仔『撩一下』……

（王天賜擋下商臣與三官。）

跟　班：小等一下，早前恁兜火燒，去燒著阮大的種的樹仔，恁看這欲按怎賠償才好？

三　官：火欲燒對佗，無人會當控制……

跟　班：橫直火是對恁兜燒起來的，恁就愛負責……

商　臣：我已經一無所有矣，我無錢通還！

天　賜：無錢無要緊，恁看啥欲陪我一暝，咱就無輸無贏！兩个做伙來閣愈好！

三　官：你這个無恥小人，派人來放火燒山，害家父身陷火海而死，如今你猶敢佇遮橫柴夯入灶，實在食人夠夠！

天　賜：商三官，想袂到你外表幼秀，講話竟然閣鹹閣薟，實在歹落喉，我看猶是換商臣來陪我較好……（對商臣）古錐仔，你生做遮爾婧，個性閣溫純，來，來予我惜一下……

三　官：王天賜，你句句輕薄，真是目無王法、欺人太甚！
天　賜：本大爺就是王法！
（商三官欲推打王天賜，反被跟班推倒在地。）
商　臣：（哽咽）三官，你無代誌乎！
（商臣哭得梨花帶淚。）
三　官　我無要緊，咱無軟弱的權利，咱一定愛堅強。
（商臣越哭越大聲，像是把所有委屈一股腦兒掏出。）
跟　班：唉呦，大的，伊哪會哭甲遮淒慘？
三　官：商臣，徛起來，咱袂當哭……
天　賜：（逗弄）古錐的，我惜，我毋甘……
跟　班：大的，商臣喝哭就哭，真有搬戲的天份，既然大的你遮爾愛看戲，橐袋仔又闊 money money，不如整一團予商臣搬，有商臣這个美男子拍頭牌，票房絕對無問題！
（王天賜主僕兩人大笑，商臣繼續哭著。）
三　官：士可殺，不可辱，恁實在欺人太甚！

跟　班：大的，時間無早，你上愛看的彼齣《穆桂英招親》欲開演矣……

天　賜：著，咱趕緊來看戲……

（王天賜與跟班下。）

三　官：商臣，咱愛長志，行，咱來轉……

（商三官與商臣下後，衙門悄悄開啟，縣官左右張望。）

縣　爺：歹勢，公家機關強調節約，袂當烏白『浪費公帑』，衙門有需要才開，無必要的時，盡量共伊關予牢……

（衙門再度關上。燈暗。）

第三場
為仇辭婚

場景：草屋前
人物：商臣、商三官、老翁、白狐

（黑暗中一聲吶喊「父親啊……」後，燈漸亮。）

三　官：可惡的王天賜佮縣官，兩人利益勾結，放火燒山，害父親慘死火海，好人為何命短？天道為何倒退？

商　臣：（跪下）父親，孩兒不孝，無法度為你報仇，請你原諒。

三　官：商臣，將目屎拭予焦，上好的武器是堅強，咱愛替父親報仇。

商　臣：若無三寸水，按怎扒龍船？咱是無身份背景的人，抵抗強權根本是有心無力！

三　官：所以咱就愛任由怹官商勾結，為非糝做，予父親的冤屈沈入大海是無？（頓）我做袂到！

商　臣：放下啦！父親將你許配予我，就是希望咱互相扶持，一生平安順序……

三　官：我……（軟化）我嘛真想欲佮你做伙感受世間的真情佮幸福……

商　臣：既然按呢，咱就來拜堂沖喜！

三　官：這……袂用得，父親佇我重傷時解救我，醫治我，因為有伊，這世間才有「商三官」這个人，如今愛我放棄報仇，我何以為人？

（燈光轉換，進入回憶場：白狐被大火灼傷倒下，白狐被老翁救起。）

（老翁放走白狐，白狐跑了一小段路，轉頭向老翁道謝，老翁揮手喚白狐離開，白狐轉身化為商三官。）

商　臣：咱將一切放袂記得，重新開始，好無？

三　官：我無法度，我決定欲離開遮，去找揣復仇的機會！

商　臣：你走，我是欲按怎？若無，你焉我走！

三　官：商臣，你放心，待我將父仇了結，三官自然會轉來與你成親！

（商三官義無反顧離開。）

商　臣：三官……

（燈暗）

第四場
戲假情真

場景：江湖
人物：土匪、李玉、班主、楊宗保（小偶）、穆桂英（小偶）、跟班
幕外音：三官離鄉斷情弦，誓除惡霸告青天，
巧扮男裝陰陽變，盤山過嶺揣大仙。
（燈亮，三官巧扮男裝入，下馬。）
三　官：到底有啥物辦法會當除掉王天賜？敢有啥物高人仙仔會當指點
我？
（土匪入。）
土　匪：此路是我開，此樹是我栽，若欲對遮來，留下money來。
三　官：你是土匪？
土　匪：無錯，少年的，你內行的！
三　官：毋是我內行，是因為恁遮做土匪的，攏無別句台詞通好講！
土　匪：囉唆，我是朝廷欲掠的通緝要犯，這馬咧走路，需要走路費！
三　官：本爺爺無錢！
土　匪：你講啥？我敢有聽毋著？

三　官：我閣講一擺，本爺爺無錢！

土　匪：你這个七月半鴨仔，毋知死活，竟敢對我遮昂聲！

三　官：對付恁這種社會敗類，無需要客氣……

土　匪：哼，走跳江湖，毋是靠弄喙花，是靠這對拳頭母，你準備受死！

班　主：唉呀，危險！

（班主入，阻擋土匪。）

土　匪：你這个蓋頭蓋面的無面人，遮愛管閒仔事，若按呢就掠你做交替，毋過欲見閻羅王進前，先共你的鬼面殼提落來。

班　主：（笑）欲看我的真面目，你猶無夠格！

土　匪：按呢就莫怪我心雄手辣，看招！

（雙方對打，土匪不敵，落荒而逃。）

三　官：多謝壯士相救！

班　主：不過是順手之勞，無需要掛懷！

三　官：人海茫茫，咱會當熟似，就是難得的緣分……大哥，看來你功夫袂穤……

班　主：只是三跤貓功夫而已，少年的，行踏江湖，靠的是看清時勢，避免麻煩，這碗江湖飯你擇袂起，猶是轉去啦！

三官：我是無根之人，如何安身立命？

班主：心若安定，便可安身立命。

三官：家園殘破，老父冤死，心如何安？我浪跡天涯，就是欲找揣復仇的機會，為著復仇，我甘願犧牲一切！

班主：冤冤相報何時了，上好的復仇是放下……

三官：我只睭深仇大恨，放下就啥物攏無矣……

班主：猶閣有人恬恬佇你身邊等你，只是你無發現。

三官：這句話哪會遮熟似，親像是佗位聽過？

班主：（掩飾）我是講……人啊，著愛珍惜身邊疼惜你的人……你哪裡來，就往哪裡去……（自覺說錯話）唉呀……我是咧講啥物……

三官：大哥，我瞭解你的意思……

班主：（急於否認）我毋是你想的彼个意思！

三官：我知，我知……（頓）這有恩報恩，有仇報仇，正是天經地義，為人根本。等我了結這个心願，自然遵照大哥意思，落葉歸根。

班　主：（鬆了一口氣）既然如此，在下告辭矣！
三　官：大哥，你欲去哪裡？
班　主：做戲人，四海為家，哪裡需要戲，哪裡就有我！
三　官：大哥你咧做戲？做戲？王天賜愛看戲！（陷入沈思）唉呀……
這是一个除掉王天賜，為父親報仇的好機會！（求情）大哥，
你敢會當教我做戲？我真有興趣！
班　主：做戲毋是做興趣的，「台頂一齣戲，台跤三五年」，想欲人前
添光彩，就愛人後疼無哀！
三　官：（雙腳一跪）弟子毋驚艱苦，只驚無緣做你的愛徒……
班　主：戲是愛提性命去做的！
三　官：弟子願意用一世人的時間搬好一齣戲，演好一个角色……
班　主：你猶是趕緊轉去才實在……
三　官：若是師父毋答應，我就毋起來……
班　主：（喃喃自語）唉……你猶是遮爾意氣用事……（對三官）罷了！
我答應你，你起來……
三　官：多謝師父成全！

班　主：愛會記得，做人毋通傷計較，毋過論著做戲，就千千萬萬愛計較，無論是一个跤步手路，抑是一對眼波傾訴，攏愛頂真。

三　官：弟子牢記在心！

班　主：自這刻起，你就叫做「李玉」……將過去的你共放水流！

（燈光轉換，鑼鼓聲響。）

班　主：李玉，咱準備欲練功矣……

李　玉：師父，今仔日練佗一段？

班　主：《穆桂英招親》

（燈亮，班主與李玉粉墨登場，分飾楊宗保及穆桂英。）

桂　英：大膽何人，竟敢佇穆柯寨前叫陣？

宗　保：在下楊家將傳人，楊宗保，想欲向姑娘你商借降龍木。

桂　英：本寨的鎮寨之寶，從來毋捌外借。毋過看你是忠良之後，又閣英俊風流，本姑娘願意予你一个機會，只要你贏過我手中這枝刀，我就借你降龍木。

宗　保：刀槍之下論懸低，有啥本事你盡展，我楊家槍下是絕不留情。

（戀愛戲：兩人過招數回後，邊打邊唱。）

宗　保：【唱】伊的眼神帶溫柔，眼波輕送我暗打量

桂　英：【唱】楊門鐵將是對手，我步步斟酌步步羞。

宗　保：【唱】伊豪氣干雲婧姑娘，笑如春風弄新秋，

桂　英：【唱】赤手白拳將寨守，心似空城望君留。

（燈光轉換，回到現實。）

班　主：（若有所思）心似空城望君留……（長嘆）唉……

李　玉：師父，你咧想啥？

班　主：（回神）無啥啦！

李　玉：師父，這穆桂英佮楊宗保，明明雙人有愛意，哪著偷渡纏情絲？

班　主：愛情暴穎上可貴，驚風驚雨驚人欺！（頓）這一切攏是為著欲保護愛情……

李　玉：師父，我無認同！愛就應該講出喙，曖昧拖沙算啥物？

班　主：有一種愛，是無法度講出喙的，伊干焦會當無聲無說，恬恬踮佇你的身邊。

李　玉：這種愛欲按怎發覺？

班　主：用目睭是看無的，愛用心……

（燈光轉換，各自照在李玉與班主身上，呈現兩人的內心獨白。）

李　玉：【唱】桂英欲招宗保婿，這台大戲巧安排，
假鳳虛鸞我受疼愛，騙過師父伊毋知。
為啥物每次師父看我的眼神，總是透濫一種悲傷？伊的面具後壁，到底藏著啥物故事？

（班主轉身背對李玉，掩飾情緒。）

班　主：【唱】明明我是宗保兄，桂英講出我心情，戲假情深驚照鏡，

班　主：唉……我的面……
【唱】一暝的心聲，欲唱予啥人聽？

（李玉突然喊介「馬來」，燈光轉換。）

李　玉：師父，咱繼續，準備接招

【唱】愛如尖刀刀對劍，招招是紀念……

班　主：【唱】對壘毋知險，只驚情意夜夜添！

（快速換燈，畫面對切，過場。）

（戲台演出穆桂英佮楊宗保「武戲」。）

（演畢，台下的跟班與台上的桂英、宗保對話。）

跟　班：少年的，恁這團演了袂穤，阮大的王天賜愛看戲，敢有興趣來王府搬一齣？

桂　英：王天賜！好矣！真是一个好機會！

宗　保：千萬不可，會出代誌……

桂　英：（安撫）袂有代誌啦……

宗　保：袂用得，會出代誌……

桂　英：（安撫）袂啦……

宗　保：你哪會按怎講攏講袂聽……

跟　班：（打斷）好、好、好，莫閣講矣！這件代誌咱就按呢講定了！

（燈光轉換，隨著台詞，戲台演出楊宗保與穆桂英成親片段。）

幕外音：感謝請主王大爺請這棚戲，戲做圓滿，拜拜雙團圓……團予圓圓，予咱王大爺年年平安大趁錢，團予雙雙對對，萬年榮華大富貴！

（燈暗，直接轉入第五場。）

第五場
醋海翻波

場景：王府
人物：李玉、班主、王天賜、蒲松齡（演員）

（王天賜宴請戲班，李玉居中，左右各是班主及王天賜。）

天　賜：小哥，你今年幾歲？號做啥物名？
李　玉：年有十六，名叫李玉。
天　賜：真是好名、好聲、好身段。
班　主：大爺，真歹勢，徒兒初初學戲，予你看笑話矣……
天　賜：你這个徒弟無簡單，竟然會當將穆桂英搬甲遮爾好，伊註定就是搬戲的命。
班　主：徒兒演技預顢，猶閣需要加強練習……
李　玉：李玉雖然學戲無偌久，毋過學戲確實認真，盈暗難得拄著知己，（舉杯）我用這杯酒敬大爺……
班　主：（阻止）李玉，你……酒袂當啉，明仔載，咱閣愛練功……
天　賜：無要緊啦，我頭家，我做主，明仔載戲班歇睏，錢照算。
李　玉：大爺，若按呢，我就先乾為敬……

班　主：（急）李玉，大爺身份尊貴，你哪會當如此無禮，以下犯上？
天　賜：講啥物尊貴之身，講啥物以下犯上，佇舞台頂，每一个角色攏是平等的⋯⋯
李　玉：毋著啊⋯⋯將軍佮旗軍雖然攏是軍，嘛是有尊卑之分，（調戲）欲按怎平等，大爺你嘛講予我聽⋯⋯
天　賜：若是會當佮你合搬一齣戲，就算是替你擇旗軍仔，我嘛願意。
李　玉：此話當真？
天　賜：我王天賜講會到，做會到⋯⋯
李　玉：李玉閣有一齣《轅門斬子》，唱了嘛袂穤⋯⋯
天　賜：這我知，楊延昭欲斬孽子楊宗保，穆桂英前往救夫，這段確實精彩！
班　主：莫聽李玉咧烏白講⋯⋯這齣戲李玉從來毋捌正式登台，按呢實在無妥當。
李　玉：毋知大爺敢願意佮李玉合搬這齣戲？
天　賜：好！若會當佮你同台共演，我死嘛甘願！
班　主：李玉，你實在太亂來！

天　賜：無諾……我就是愛聽李玉烏白講，我就是愛看李玉烏白來……

班　主：大爺，萬萬不可，會出大代誌……

天　賜：（色慾攻心）哈……哈……我等欲出代誌等誠久矣……

（天賜直視李玉。）

李　玉：（勾引）大爺，你哪會掠我金金看？

天　賜：因為你傷迷人矣！李玉，咱行！

（天賜牽住李玉的手往前走，但李玉的另一隻手被班主拉住。）

班　主：何必引火自焚……

李　玉：因為大爺才是我李玉上蓋傾慕的人……

天　賜：（得意大笑）你眼光真正確，咱行！

（李玉甩掉班主的手，跟著王天賜下，只剩班主獨望李玉背影。）

（一束光照著蒲松齡。）

松　齡：伊控制伊家己，盡量莫去看李玉，煞控制袂牢彼粒強欲燒起來的心，伊無法度無去想，無去念，干焦會當將所有的悲傷攏鎖佇彼个袂見光的鬼面殼內底……

班　主：當這个世界變甲面目全非，我是欲按怎揣回原來的自己，去面對這馬的你？

松　齡：怨妒就是一支刀，毋是搩向別人的腹肚，就是攕入家己的心槽……伊咒讖的聲音化做一句句的咒語，予彼隻覕佇心內的惡魔愈來愈大隻，愈來愈生毛戴角……（對班主）你是毋是真想欲將王天賜解決擲掉？

班　主：我……我恨不得將伊千刀萬剮……（頓）但是袂用得，天道無情，一旦殺人見血，這一切的修行攏會化做烏有，我欲按怎才好？（頓）袂當！我袂當想遮濟，我愛保護伊，李玉，你等我……（下）

松　齡：命運，就親像你這个天才的演員去拄著二流的編劇，就算是用盡全力欲予逐家一个圓滿的結局，佇頭前等你的，猶原是臭濁的漚台詞，佮變調的鑼鼓聲……

第六場
夙願終償

場景：桃花樹下
人物：李玉、王天賜、班主

（燈亮，天賜扮楊延昭，與扮穆桂英的李玉邊演邊調情。）

天　賜：【唱】陣前招親不應當，赤膽怎可配豺狼，
斷頭台前將囝送，保全忠門楊家風。

李　玉：（大喊）父帥，且慢啊……桂英願以糧草五千，以及降龍之木獻予朝廷，只求公公刀下留人……

天　賜：賊婆！誰是你的公公？

李　玉：父帥，饒命……
【唱】雖是出身佇賊寨，桂英已是宗保妻，
公公請你來赦罪，換來和樂仝一家。

天　賜：哼！獻降龍木之功我一定會向朝廷稟報，論功行賞，若是愛我饒宗保一死，斷無可能！除非……

李　玉：除非如何啊？

（天賜步步靠近，試圖調戲李玉。）

天　賜：除非……
李　玉：你講啊？
天　賜：除非……
李　玉：除非你死！
（李玉突然拔刀對準王天賜。）
李　玉：【唱】我好言好語將你求，你喪盡天良令人憂，
天　賜：李玉啊李玉，你哪會無照戲文行？
【唱】刀槍無情緊放手，若無照做你性命休。
李　玉：【唱】一時悲傷心中湧，大火無情萬物嗚，
殺父手段太薄倖，害我家破人殘生。
李　玉：（冷笑）這齣本底就毋是我專門的……今仔日我就欲愛你的命！
（李玉刺向王天賜，但未刺中，王天賜回到現實。）
天　賜：李玉，你是起痟是無？
（李玉持續追殺王天賜，王天賜伺機奪刀，持刀向李玉。）
天　賜：你是啥物人？
李　玉：你問的是佗一个我？

天　賜：你莫共我假鬼假怪，你到底是何人？
李　玉：（嘲笑）我是台頂你上愛的穆桂英，嘛是台跤你上愛的李玉啊……
天　賜：莫閣佇遐張飛戰岳飛，捎咧烏白鬥……
李　玉：人生不過是一齣戲，穆桂英是假的，李玉嘛是假的……
天　賜：所以你是誰，緊講……
李　玉：（大笑）你毋是講我閣鹹閣薟，實在歹落喉，哪會換一領衫，一个身份，你就愛我愛甲遮痴迷？
天　賜：你是……（驚覺）你是商三官！你竟然敢騙我！
李　玉：（嘲笑）欺騙你的，毋是李玉，毋是商三官，是你家己的目睭。
天　賜：你這个賤婢，實在太可恨，準備受死！
（王天賜欲刺向李玉，班主大喊一聲危險，持刀刺中王天賜。）
（班主要李玉快走，李玉不走，班主拔出刀，王天賜倒下，燈急收。）

228

229

第七場
人說鬼話

場景：空景
人物：群眾A、B、C、D、聶小倩、蒲松齡（演員）

（謠言像是接力般流竄整座城，燈亮起。）

片段1：

群眾A：阿母，我聽人講，彼个李玉欲刣王大爺的時，兩蕊目睭敢若電火珠仔遐大粒，閣像超人佇天頂飛過來，飛過去，實在有夠厲害的……

群眾B：囡仔人有耳無喙，莫聽人咧烏白講！緊去做功課！

片段2：

群眾B：阿偉，我共你講一个祕密，李玉這个妖怪袂輸彼个日本鬼仔『貞子』仝款，對著王大爺一直爬過去……王大爺予伊逼甲走投無路，結果……

群眾C：結果按怎你毋緊講……

群眾B：『小孬孬』，躺佇塗跤假死……

群眾C：吼……我聽你咧敲虎屭，歕鬌鬌仔！

群眾B：欲信毋信在你啦……時間欲到矣，恁祖媽欲來去排口罩矣……

片段3：

群眾C：村長伯仔，你敢有鼻著啥物氣味？

群眾D：（仔細聞）我知，我知，你放屁？

群眾C：毋是我啦，是血水的臭腥味，這一定是王大爺死目毋願瞌，欲揣人復仇……這層代誌，干焦你知我知，你是毋通講出去喔……

群眾D：袂啦，我這个人，雖然無齒，講話閣漏風，毋過喙上峇……

片段4：

群眾D：（廣播）各位村民逐家好，村長伯宣布一个歹消息，這馬空氣中有一種穢人的天賜病毒，請逐家盡量莫出門，若欲出門，愛會記得『戴、口、罩』……

群眾D：（碎碎念）乎……代誌濟甲若貓仔毛……

（小倩飄進，群眾D轉頭，嚇了一跳。）

群眾D：無聲無說若鬼咧，你是欲驚死人是無？

小　倩：恁拄才講的代誌，敢是真的？

群眾D：當然是真的啊，我親耳所聽，親眼所見！老歲仔人誠無閒，欲來去分『口罩』矣……

松　齡：（笑）所以，人的話毋通全信，鬼的話嘛有可能是真……

小　倩：你感覺人佮妖，佗一个較恐怖？

松　齡：人較恐怖！人會用家己的標準，去判斷啥物人是同類，啥物人又是異類，看起來正義滿身，其實是無理閣無情……

小　倩：若按呢，人佮鬼的差別又在哪裡？

松　齡：哪有啥物差？人就是鬼，鬼就是人，人佮鬼之間干焦差佇一口氣、七寸香……

小　倩：少年的，聽你講遮濟話，猶毋知影你的名？

松　齡：（笑）在下蒲松齡……

小　倩：少年的，本姑娘叫做聶小倩，有看著彼欉樹仔無？我蹛佇遐三百冬矣，有閒來泡茶！

（舞台燈漸收，獨留蒲松齡。）

松　齡：（笑）我是驚你拄著甯采臣了後，連泡茶的時間攏無……

（蒲松齡拿起《聊齋誌異》，翻了幾頁，燈收。）

第八場
孤注一擲

場景：空景
人物：李玉、班主、銀狐

（李玉扶著虛弱的班主入。）

李　玉：師父，你到底是何人？為啥物你的眼神一直予我一種真熟似、真溫暖的感覺……師父，敢會當將你的面具提落來……

班　主：面具後的故事，是我唯一想欲保留的祕密……

李　玉：師徒之間以心交心，分開進前，我無想欲紮著一堆謎團離開。

班　主：你欲去佗？

李　玉：師父，失禮，徒兒女扮男裝，實為報仇……如今父仇已報，我應該愛轉去佮商臣完婚矣……

班　主：你袂當轉去揣彼个無擔當的商臣，伊毋是會當託付終身的人！

李　玉：伊需要我！（頓）而且我嘛無想欲一世人活佇戲文內底，我欲成為一个真正的人。

班　主：既然你已經有人的形體，又何必予世間的愛恨嗔癡束縛？

李　玉：（警覺）唉呀！你是啥人？你哪會知？

班　主：為著欲化為人形，你早就散盡法力，若是閣一擺觸犯天條，我驚你會被打回原形……（頓）你佮伊是無仝的世界……你這場筊跋了傷大矣！

李　玉：愛，本來就是冒險……所以就算是全盤皆輸，我嘛欲賭一擺！我甘願付出一切，去換一个答案，我無想欲佇未來的千年、萬年，攏活佇後悔佮痛苦之中。

班　主：李玉，毋是，應該叫你三官，為啥物你永遠攏遮爾固執？

（兩人對視許久。）

李　玉：（微笑）我想我應該知影面具背後的故事矣……師兄，多謝你一直恬恬陪佇我的身邊……時候無早矣，師妹欲離開矣……你保重……

（李玉急奔而去。）

班　主：（長嘆）一朝離別天涯去，他日相逢又幾年……成全，是我會當為你做的最後一件代誌……

（班主用盡真氣，吼了一聲，化回銀狐，燈暗。）

第九場
愛的終篇

場景：草屋前
人物：商三官、商臣
（鑼鼓聲響，商三官急入。）
幕外音：急行如風俊俏郎，調朱點粉理紅妝，
　　行針布線凰求鳳，只盼桃花弄春風。
（商三官下馬。）
商　臣：是你！你是三官！你終於轉來矣……
三　官：是，三官轉來矣……
商　臣：（哭泣）你敢知影我每一工攏咧想你。
三　官：男兒有淚不輕彈，你莫哭矣……我已經替父親報冤仇矣！
商　臣：（望天）父親大人，你的冤屈總算是了結矣……三官，按呢咱
　　是毋是會當結為連理？
三　官：（遲疑）你當真？
商　臣：你毋相信我？好！我咒誓，今生此世，不負三官，若有違背，願
　　受五雷轟頂！

三　官：你確定你愛我？
商　臣：我當然愛你！
三　官：你敢知影你愛的是佗一个我？
商　臣：無論你是真實，抑是假影，毋管你是人、是鬼，抑是妖精，我
　　愛的就是你，商、三、官！
三　官：商臣，多謝你，予我相信人心。
（商臣親吻三官，商三官逐漸痛苦難當，在人與狐形之間來回轉換，最後
化為白狐。）
（商臣驚見懷抱中的白狐，將白狐拋開。）
商　臣：哪會變按呢？三官人咧？
（白狐靠近，舔舐商臣。）
（商臣嫌惡地推開白狐。）
商　臣：你走！
（白狐再度靠近，商臣恍然大悟。）
商　臣：喔……原來……原來商三官就是你這隻精牲！
（商臣拿起棍棒，大喊「精牲無情」後，棒打白狐，白狐縱身一跳，燈
驟暗。）

終場
狐說聊齋

場景：空景

人物：白狐、銀狐、蒲松齡（演員）

（銀狐撫摸著死亡的白狐。）

銀　狐：免驚，我會一直佇遮陪你……（頓）師妹，你敢猶會記得彼場大火無？

（銀狐望向遠方悲鳴，似乎回到過去。）

（回憶場：森林大火，銀狐帶著白狐逃難。）

銀　狐：師妹，如今你已化為人形，你敢有想欲做的代誌？

白　狐：我想欲體會人的愛恨情癡，佇世間好好愛過一回！師兄，你咧？

銀　狐：我啊……只要會當恬恬陪佇你的身邊，啥物攏好……

白　狐：若是有一工，我無小心迷失佇茫茫人海之中，我欲如何是好？

銀　狐：你放心！只要我有一口氣，無論天涯海角，我一定會揣著你……

幕外音：來人啊，放火燒山！

（兩隻狐狸在大火中逃難，樹突然倒下，銀狐大喊了一聲「危險」，將白狐推開，兩人就此分離。）

（銀狐受困，白狐束手無策，來回徘徊。）

銀　狐：袂赴矣……你緊走……

（白狐悲鳴後離開，火勢越來越大。）

銀　狐：啊……我的面！我的面！（舞台燈全收）

（蒲松齡抱著白狐入。）

松　齡：人，一世人的角色遮爾濟，欲按怎佮人比並論輸贏，靠的就是演技。演了好，人生就是開袂完的演唱會，演了穤，人生就是演袂煞的漚戲拖棚……做人佮做戲，到底是佗一个較困難？我想我應該心內有底矣！（撫摸白狐，對著白狐説）你啊你，戲演了遮爾好，想欲做人，煞去予人看破跤手……凡勢是你傷過天真矣，煞毋知影，佇人的心內，妖永遠是妖，無論按怎演，按怎變，攏騙袂過人的目，變袂過人的心……

（燈亮起，蒲松齡向著有光的地方走去。）

（蒲松齡將白狐放置在成堆的動物屍體中，銀狐靠近，舔舐白狐。）

松　齡：看來，人啊……才是世間上恐怖的妖……

（燈漸暗）

劇終

蕩寇浮生

布袋戲劇本

二〇一九年教育部
文藝創作獎傳統戲劇組佳作

創作理念

二〇一八年十月下旬看了《紅盒子》，一部關於臺灣布袋戲興衰變遷的紀錄片，讓我感動不已。導演楊力州提及創作動機，希望用最華麗的方式向布袋戲說再見，但真該說再見了嗎？布袋戲又是傳統戲劇的邊陲，那還有什麼可能？也許可以從文本的改變開始吧！

此劇本以李長庚及王得祿等武官追捕海盜頭子蔡牽的真實歷史為故事框架，述說一段泣血的海戰悲歌，其中安排王得祿元配范氏的靜默及女海盜蔡牽媽的冷酷相互映照，試圖還原當時女權在陸面被踐踏，卻透過女海盜們，得以在海上發聲的歷史殘片，同時挑戰布袋戲以「生」一角為故事主體的表演傳統。劇中兩首歌，希望能借用早期歌手「隨戲登台」的表演模式，重現布袋戲與歌曲緊密結合的黃金時代。

劇情大綱

城隍廟前鑼鼓喧囂，正如王得祿澎湃的內心，「陸面不如意，海上做男兒」，他與元配鳳娘辭行後，義無反顧投身水師。

李長庚與王得祿兄弟兩人，想維持沿海地區的正義與和平，只要擒拿海盜頭子蔡牽，大海也就無風不興浪了，然而飆風戰海女英梟——蔡牽媽的加入，讓海戰掀起更巨大的浪濤，在連天烽火中，她與蔡牽編織著熾熱卻不見光的愛情。

蔡牽媽犧牲，蔡牽殺李長庚報仇；李長庚犧牲，王得祿殺蔡牽報仇；殺戮不斷循環，鋪成一條讓王得祿建功升爵的道路，鳳娘卻思念成疾，香消玉殞……

「一朝天子一朝臣」，受嘉慶重用的王得祿，被道光冷落了，直到中英鴉片戰爭……滿頭白髮的王得祿以太子太保的榮身立匾贈予嘉義城隍廟後，再度穿起戰袍，挺身迎戰……

場次說明

序　場　**繁華轉身**　老邁的王得祿立匾，贈予嘉義城隍廟，繁華轉身，忽見少時的自己。

第一場　**投軍報國**　王得祿與髮妻鳳娘辭行後，投身水師，報效國家。

第二場　**壯志豪情**　王得祿與李長庚暢談豪情壯志，李長庚回顧與蔡牽的童年往事。

第三場　**賊寇鴛鴦**　少婦被賣，蔡牽買下，一場無情的交易，是燦爛炙熱的愛情起點。

第四場　**海上霸國**　蔡牽媽管理海上霸國，並賄賂沿海官員，讓蔡牽成為海上霸主。

第五場　**龍顏大怒**　嘉慶皇帝大怒，收賄枉法的閩浙總督玉德受斬。

第六場　**生離死別**

蔡牽媽遭砲擊，蔡牽不捨，誓死復仇。

第七場　**萬古長青**

蔡牽計誘李長庚上船，李長庚被殺，兄弟倆一輩子的糾纏終告落幕。

第八場　**再戰蔡牽**

王得祿接任李長庚遺缺不久，終於將蔡牽一舉殲滅，鳳娘卻等不了王得祿歸來，便香消玉殞……

終　場　**蕩寇浮生**

滿頭白髮的王得祿再度穿起戰袍，迎戰外侮，鳳娘將叮嚀化為歌聲，飄散在風中。

人物說明

（以下人物的說明，配合演出需要，做簡單之敍述。）

王得祿

（一七七〇至一八四二年）

臺灣府諸羅縣溝尾人，清朝時期著名武官，少時習武，早期協助平定林爽文事件，後投身水師營，跟隨提督李長庚，擊潰蔡牽、朱濆等海盜勢力，是嘉慶時期受重用的臺灣將官。

范氏鳳娘

王得祿之元配。耙梳史料至今，只留范氏，而無其名，為求演出方便，取名鳳娘。

李長庚

（一七五二至一八〇七年）

福建省泉州府同安縣人，清朝軍事將領。曾任澎湖水師協副將，後升任浙江定海鎮總兵，之後累功晉升至浙江提督、福建水師提督、統領閩浙兩省水師，嘉慶十二年（一八〇七年），在追捕海盜蔡牽中遭砲擊殉職。

蔡牽

（一七六一至一八〇九年）

福建省泉州府同安縣人，活躍於清乾嘉年間的海賊領袖，身材矮小面色黃瘦，嗜吸鴉片，人稱「大出海」。後來建立政權，自封鎮海威武王，與李長庚、王得祿等將官長期在海面纏鬥，最終在一場海戰中敗陣，拒絕投降，燒船自殺。

小長庚與小蔡牽

因李長庚與蔡牽兩人皆出身福建省泉州府同安縣，因此以「一輩子的對手」為概念，虛構兩人為童年時的兄弟友伴。

蔡牽媽

（一七七二至一八〇五年）

依據《平陽縣志》，原姓呂氏，未留下正名，遇到蔡牽前已入嫁兩次，原夫難以駕馭，轉賣剃頭師傅，幾度易手才到蔡牽身邊。美艷剽悍，愛穿紅衣，有謀略，深受部屬愛戴，人稱蔡牽媽。

蔡三來　海盜有收義子的習慣，蔡牽義子具名者有五，其中之一為蔡三來。參見《宮中檔嘉慶朝奏摺》。

玉德　閩浙總督。滿官。嘉慶元年（一七九六年）調任浙江巡撫，五年任閩浙總督，十一年被革職查辦。個性貪財又懦弱，治賊多採招撫的消極手段，與李長庚、王得祿意見相左。

阿林保　閩浙總督。滿官。受閩官們（原攀附於玉德之勢力）所饞，上疏奏劾李長庚追捕蔡牽不力，又因與李長庚的海盜策略不同，產生心結。

嘉慶皇帝　重用李長庚、王得祿，卻又沿襲一貫「以文制武」、「以滿制漢」的施政基調。

其他　剃頭師、阿林保心腹、王紹蘭、家僕、小兵、小兵妻、百姓、水兵、男海盜及臣數名。

序場
繁華轉身

時間：道光二十一年（一八四一年）
場景：城隍廟
人物：Ａ少年王得祿（二十五歲）、Ｂ老年王得祿（七十二歲）

Ａ：你變矣……
Ｂ：（笑）目一躡，我已是白髮老翁。
Ａ：少年的你，縱馬奔騰，不可一世，如今……你……
Ｂ：笑看春花秋實，滄海桑田……（頓）歲月是青春最殘酷的敵人。
Ａ：既是歲月無情，我就欲用青春佇歷史留名。
Ｂ：果然年少輕狂，青春如風。
Ａ：匾上留下何字？
Ｂ：是咱的名，王得祿。

（老王得祿贈匾嘉義城隍廟。）

幕外音：奉天承運，皇帝詔曰，嘉義城隍廟護國佑民，神威顯赫，特別欽命太子太保王得祿立匾-「道宏化育」，以受萬民敬仰。

（老王得祿繁華轉身，忽見年少時的自己，彼此對望，燈漸收，回到王得祿的少年時代。）

第一場
投軍報國

時間：乾隆六十年（一七九五年）
場景：城隍廟前
人物：王得祿（二十五歲）、鳳娘、百姓數名

（燈亮，城隍繞境，陣頭熱鬧演出，人聲鼎沸，鞭炮聲不絕於耳。）
（隨著繞境隊伍漸下，人群漸散，王得祿及范氏鳳娘入。）

王得祿：鳳娘，你拄才向城隍爺求啥物？
鳳　娘：我？無啥物……
王得祿：無啥物又是啥物？
鳳　娘：這……鳳娘只求平安兩字。這海象變化莫測，反面無情，夫君你一个人佇海上奮鬥，千萬愛平安。
王得祿：城隍爺有靈有聖，自然會保庇我平安無事，鳳娘，你對我的情深意重，我會永遠囥在心內……只是「陸面不如意，海上做男兒」，這馬我當少年，需要拚出一寮成就……

鳳　娘：夫君，厝內我會打理好，你暫且寬心……這是我向城隍爺求來的香火，夫君你紮佇身軀保平安……

（鳳娘咳嗽。）

王得祿：男兒立志出鄉關，功名不就誓不還……鳳娘，你身體無偌好，趕緊回轉家門，以免風邪上身……

鳳　娘：夫君，我，等你轉來……

（王得祿策馬離開，鳳娘下，燈暗。）

第二場
壯志豪情

時間：嘉慶二年（一七九七年）
場景：戰船（現實場）／大樹下（回憶場）
人物：王得祿（二十七歲）、李長庚（四十五歲）、小長庚、小蔡牽

李長庚：得祿，海上征戰已有兩年，相信你應該真慣勢矣……
王得祿：啟稟總兵大人，對一个海口囡仔來講，大海就親像一世人的兄弟仝款遐爾親，哪有啥物適應的問題！
李長庚：（感嘆）滿腔熱血酬知己，一對冷眼看世人……既然咱攏是坐佇仝一隻船的生死兄弟，咱就莫按呢總兵來，總兵去，以後以兄弟相稱就好……
王得祿：多謝大哥無棄嫌……
李長庚：（笑）小弟，聽講你投身水師營進前就已經戰功不少，深受臺灣鎮總兵柴大紀的重視，為何無愛留佇陸面等待機會？
王得祿：沿海地區，海賊猖狂，更加需要有人投身水師……
李長庚：確實！大哥相信，以你的天分佮膽識，未來前途無限。
王得祿：多謝大哥鼓勵！我一定會閣較拍拚咧……（頓）大哥你又為何

欲投身水師？

李長庚：（望向遠方）這是一个交纏一世人的故事……

（燈光逐漸轉換，隨著童謠，回到李長庚與蔡牽的童年時光。）

（唱）癮頭秀才騎馬來，拚著路邊一隻獅，
獅仔一時起毛穲，欲掠猴囝起來刣，
猴囝著驚疶青屎，走去拜託大鮎鮘，
大鮎鮘啊大箍獅，看啥相拍較厲害。
大鮎鮘啊大箍獅，看啥做官戇大呆。

小長庚：小弟，武秀才讓你做，這擺換我做土匪。

小蔡牽：好人命短，我才無愛，我就是欲做土匪。

小長庚：逐擺土匪攏是你咧做，無換來換去，按呢欲按怎耍落去？

小蔡牽：阿兄，我才毋是耍，我是咧練習，等我大漢，一定欲做全世界上厲害的土匪，我毋愛予人閣欺負我，我欲共所有的食錢官攏刣予死。

小長庚：小弟，你毋通烏白講，我會一直保護你，絕對袂予人欺負你。

小蔡牽：敢有影？
小長庚：若無，我咒誓！
小蔡牽：好啦，你是我永遠的阿兄，我相信你⋯⋯
小長庚：毋過你若是變歹人，我嘛一定會共你掠起來。
小蔡牽：好矣⋯⋯阿兄，我是土匪，緊來掠我⋯⋯
小長庚：好，看我的厲害！
（小長庚撲空。）
小蔡牽：你掠袂著⋯⋯
小長庚：小等我啦⋯⋯
（小長庚與小蔡牽在追逐中下場，燈暗。）

第三場
鴦鴛寇賊

時間：嘉慶四年（一七九九年）
場景：碼頭岸邊
人物：蔡牽（三十八歲）、蔡三來、蔡牽媽（二十七歲）、剃頭師

（眾聲喧嘩，百姓紛紛向蔡牽問好。）

蔡三來：義父，福建水師提督李長庚閣寄來一張招降批，敢欲讀予你聽？

蔡　牽：免！三來，你猶會記得按怎加入咱這个大家族的？

蔡三來：我永遠攏會記得，是遐的貪官害我家破人亡，若毋是義父出手相救，我早就魂歸九泉囉！義父救命之恩大過天，三來這條命永遠是義父的！

蔡　牽：誠好，愛記得，官有官道，賊有賊途，毋管選擇啥物路，攏無一條回頭路……（頓）三來，咱準備上船。

幕外音：剃頭喔……剃頭賣查某……

（燈亮，剃頭師連拉帶拖，挾著一個身上寫著「售」字的女子入，即是後來的蔡牽媽。）

剃頭師：共恁爸行……

（蔡牽媽不從。）

剃頭師：（拖蔡牽媽）行……（叫賣）剃頭賣查某……

蔡　牽：你是欲剃頭，抑是賣查某？

剃頭師：恁爸就是欲剃頭，順紲賣查某，按怎？敢袂使……

蔡三來：（欲打）你咧講啥潲？

蔡　牽：三來，退下！

（安撫）無要緊，你講，為啥物你欲共伊賣掉？

剃頭師：人講甘願娶婊做某，嘛毋願娶某做婊，這个破盤仔，娶著伊算我衰，不如賣賣咧較清心。

（蔡牽看了女子一眼，蔡牽媽哼了一聲後不理。）

蔡　牽：喔……這个姑娘仔真勢，我有佮意，你開一个價！

剃頭師：不二價，三兩銀……

蔡　牽：啥！三兩銀？

剃頭師：哼，我兄弟人有兄弟人的尊嚴，賣某無咧予人刣價，欲買毋買清彩你！
蔡三來：你這个酒鬼，這種價數你嘛真敢開？
剃頭師：當初我嘛是二兩銀買的，對方閣騙我講伊誠賢慧，結果咧？賢慧甲予恁爸做烏龜，按呢敢毋免加一兩銀的精神賠償金？
蔡　牽：兄弟人，你誤會矣，來來來，這三百兩你提去！
剃頭師：三……三百兩？真正是『天上掉下來的禮物』！誠好！誠好！
（拖蔡牽媽）這你的，趕緊悉去……
蔡　牽：查某，你自由囉，咱準備上船……
蔡牽媽：哼！查埔，我無愛，遮的銀兩只是買到恁祖媽的自由，得袂著我的心……
蔡　牽：愛按怎才會當得著？
蔡牽媽：（指剃頭師）真簡單，提伊的心來換！
蔡　牽：你真正遮爾恨伊？
蔡牽媽：恨不得千刀萬剮！
蔡　牽：你敢袂後悔？

蔡牽媽：這是我第一擺會當家己做決定，後悔是後世人的代誌。

蔡　牽：有霸氣，有氣魄，我蔡牽欣賞！好！我答應你！來人啊！掠人！

（蔡三來緊緊架住剃頭師，剃頭師死命掙扎。）

剃頭師：你這个狼毒的查某！

（在剃頭師的痛苦叫喊聲中，蔡牽挖出剃頭師的心，燈暗。）

第四場
海上霸國

時間：嘉慶十一年（一八〇六年）
場景：水師船面／蔡牽賊船
人物：李長庚（五十四歲）、蔡牽（四十五歲）、王得祿（三十六歲）、
蔡三來、蔡牽媽（三十四歲）、閩浙總督玉德、水兵及海盜數名

（此起彼落的喊殺聲劃破黑暗。）
（燈亮起，此時火光熊熊，李長庚率領水師，與蔡牽幫的海盜奮戰。）
（隨著歌曲的催化，呈現磅礡的氣勢。）

《破浪英雄》

遊江河，唱山歌，人生本來好迴迴，
世道濁，起干戈，刀光劍影，世事難定風波。
君一言，馬一鞭，亂世相招天涯見，
當少年，有才賢，破浪爭雄，我欲將天來掀。

青春寫的這條歌，我會勇敢唱出聲，
捀杯敬月莫笑我，人生不過水流沙。

海上的男兒追浪影，孤單的身軀心袂定，
我毋驚規暝的往事落雨聲，我只驚相思無地寄。

海上的男兒追浪影，寂寞的靈魂早註定，
我毋驚漂浪的心情無人聽，我只驚歷史無留名。

（歌畢。李長庚的戰船逼近，海盜船退無可退。）

玉　德：賊寇，你趕緊投降……

蔡　牽：我絕不投降！

蔡牽媽：愛阮投降會使，只要閩浙總督玉德上船談判。

王得祿：總督，既然咱已經戰勝，就無必要佮怹談判！

玉　德：（對王得祿）住口！這無你講話的餘地！（對海盜）賊寇聽著，
待吾上船，希望恁講會到，做會到。

李長庚：總督，萬萬不可……

玉　德：為著海上的和平，閣較危險，本總督嘛應該愛去……來人啊！放跳板！

（閩浙總督玉德上船，立即遭蔡牽媽挾持。）

王得祿：恁遮無守信用的賊輩！

蔡牽媽：（威脅）請總督即刻宣布退兵，若無……

玉　德：（對蔡牽媽，語帶輕佻）你身軀足芳，我規个骨頭攏酥去矣……

蔡　牽：狡怪！（揍了一拳）

玉　德：（對李、王戰船）來……來人啊，退兵五十里！

（李長庚的戰船退出後，蔡牽媽放開玉德。）

蔡　牽：我果然無看毋著，你真是一个聰明、勇敢，又閣特別的女人。

（燈光轉換，戰船升起「反清復明」的旗幟。）

眾　人：「鎮海威武王」，萬歲無疆！

蔡　牽：感謝眾兄弟擁護我蔡牽做王，我做王，就是恁做王，天下是咱的！

蔡三來：天下是咱的……人民出頭天……

（眾人跟著喊口號，突然蔡牽媽將海盜Ａ押入。）

海盜Ａ：大出海救命！

蔡　牽：兄弟，你是按怎？

蔡牽媽：蔡牽，你講，強姦婦女愛判啥物罪！

蔡　牽：死罪……（意會過來）唉呀！兄弟，你哪會遮爾糊塗？

海盜Ａ：大出海，咱是穿仝一條褲跤拚天下的兄弟，拜託你救我一命。

蔡　牽：（對海盜Ａ）按照海賊的幫規，你犯的就是死罪，我無法替你求情！唉……

蔡牽媽：誠好！（冷不防地刺死海盜Ａ）來人啊，共這个糞埽擲落去海底飼鯊魚！

（兩名女海盜將海盜Ａ丟入海裡。）

蔡牽媽：蔡牽，這沿海地區無論是予大粒肝，猶是細粒肱的海俸，我攏已經打撲好勢矣，這馬全部攏是咱的人矣……

蔡　牽：有太上媽你的運作管理，才有咱這个海上霸國……（向眾人宣示）眾人聽著，以後蔡牽媽的決定就是我的決定。

眾　人：蔡牽媽萬歲萬萬歲！

（報馬仔入。）

報　馬：報，閩浙總督玉德求見！

蔡　牽：這个人實在有夠煩，叫伊入來！

報　馬：宣閩浙總督玉德晉見。

（玉德帶一個花瓶入。）

蔡　牽：（不耐煩）海俸毋是派人送去予你矣，你又閣來遮創啥？

玉　德：聽講威武王今仔日贊助百姓三工的謝洋大戲，我哪會當錯過看好戲的機會，無人請，我就家己來。

蔡　牽：手提啥物物件？

玉　德：一个「空」的花矸。

蔡　牽：啥物意思？（意會過來）你……你分明共恁爸損盼仔，來人啊……

蔡牽媽：（緊接）將這个「空」的花矸貯予滇滇滇，送轉去總督府……

玉　德：蔡牽媽果然是見過世面的人……（握蔡牽媽手，語氣輕佻）毋過頂一擺咱合搬的彼齣戲，搬煞了後，規身軀痛了了，這筆醫藥費嘛毋知欲按怎算？

蔡牽媽：（順勢撥開）大人辛苦矣，若無，每個月的海俸閣加一倍！你想啥款？

（兩人有默契的笑了。）

玉　德：真好，真好！按呢本官就另有公務，不便久留囉……請……

（玉德下。）

蔡　牽：（怒）這个狗官，我恨不得將伊千刀萬剮……

蔡牽媽：（安撫）好囉……好囉……其實玉德有兩个優點值得欣賞，一來貪財，二嘛怨才，咱就用這隻茬茬馬踢倒李長庚。

蔡　牽：太上媽你這招真是高招！

蔡牽媽：蔡牽，咱準備看戲矣！

蔡　牽：今仔日搬佗一齣？

蔡牽媽：《威武王展神威》！

第五場
龍顏大怒

時間：嘉慶十一年（一八〇六年）
場景：金鑾殿
人物：嘉慶皇帝、李長庚（五十四歲）、王得祿（三十六歲）、閩浙總督玉德、臣子數名

（嘉慶皇帝、與李長庚、王得祿分處兩個光圈，異地對話。）

嘉　慶：海賊蔡牽跤踏大清皇土，手提反清令旗，自封為鎮海威武王，此等逆賊，為何至今無法掃除？

李長庚：稟皇上，理由有三，其一賊船火力強大，吾軍戰船破舊，不堪使用，二來，蔡牽吸收真濟臺灣的亂賊佮地方惡霸，形成反抗的力量。這第三嘛……

嘉　慶：照實講來，不得欺瞞！

王得祿：（接話）稟皇上，前方奮勇殺敵，毋過後勤接濟已斷！

嘉　慶：此話怎說？

王得祿：總督大人玉德百般刁難，毋但不准起造新船、作戰之時閣會斷絕支援，真無簡單戰勝，玉德大人又閣用盡任何理由，來下令

退兵……

嘉　慶：可恨啊！真是可惱！朕絕不容允奸臣誤國！

（李、王光圈漸收，玉德光圈漸亮。）

玉　德：皇上，冤枉啊！起造新船工期真長，根本無夠應付出戰的需求，所以只好暫以小船隨機攻擊……

嘉　慶：戰船破舊，火藥不足，出戰根本是頭毛試火，自揣死路……

玉　德：皇上，你國事繁雜，小小沿海戰役，微臣豈敢驚擾聖駕，臣赤誠之心，日月可鑑……

嘉　慶：所以你就斷絕後援，任由出戰的官兵去送死！

玉　德：啟稟皇上，是因為李長庚、王得祿兩人長年不服下官的領導，才會屢戰屢敗。

嘉　慶：我軍火藥年年欠缺，賊船卻是火藥充足，海賊並無製作火藥的砲廠，按呢遐爾濟的火藥從何而來？你講……是毋是有人盜賣軍火？

玉　德：這……

嘉　慶：朕愛你講……是毋是有人貪贓枉法？

玉　德：我……

嘉　慶：最後一次問你，是毋是有人妒能害賢？

（玉德嚇得大咳，雙腳一跪。）

玉　德：皇上，微臣肝病氣發，請准臣病假調理身體。

嘉　慶：傳旨，閩浙總督玉德貪污敗法，有辱皇恩，即刻起，卸除官職，押入大牢，遺缺就由阿林保接任。

李長庚、王得祿，紲落去就看恁的表現矣……

（燈暗）

第六場
生離死別

時間：嘉慶十一年（一八〇六年）
場景：水師船面／蔡牽船面
人物：李長庚（五十四歲）、王得祿（三十六歲）、蔡牽（四十五歲）、蔡牽媽（三十四歲）水師、海盜數名

王得祿：這幾工海面全是茫霧，伸手不見五指，氣象與海流攏對咱不利，實在毋是作戰的好時機。
李長庚：所以咱就更加愛創造對咱有利的條件。
王得祿：大哥，你的意思是……
李長庚：兵法所言「卑而驕之」，咱若暫時向頭，對方就會那來那浮頭……
王得祿：然後等恁的戒備放鬆，咱才來一个出其不意，攻其不備！
李長庚：得祿，你真是接替我的好人選，這擺咱著愛步數盡展，活掠蔡牽。

（燈暗）

（蔡牽與蔡牽媽在船頭吸鴉片，隨著船隻浮沈，兩人陷入迷濛的幻覺。）

蔡　牽：欶一喙福壽膏，多年來捙拚時留佇身軀的病痛，親像攏好矣……攏無去矣……

蔡牽媽：欶一喙，規个人強欲飛起來矣……（冷不防）蔡牽，你敢會驚死？

蔡　牽：較早毋驚，這馬真驚！我驚我若死，就無人會當照顧你……

（蔡牽搖搖晃晃。）

蔡牽媽：講這種話，一點仔英雄氣概攏無！

蔡　牽：英雄難過情關，過得了情關，就毋是英雄！太上媽，你敢會當接受我的愛？

蔡牽媽：恁遮的人以愛為名，其實就是控制佮佔有！（故意）你應該知影這船頂真濟人攏佮我相好過……

蔡　牽：我毋知！

蔡牽媽：你只是佯毋知！

蔡　牽：為啥物你欲按呢做？

蔡牽媽：（狂笑）我需要真濟真濟人愛我……

蔡　牽：我會當予你全部的愛……

蔡牽媽：無夠，我是一个不守婦道的查某……你無必要對我遮爾好……

蔡　牽：為啥物欲按呢凌遲我？

蔡牽媽：你敢知影啥物叫做凌遲？細漢的時，阮老爸逐工拍阮阿母，怨嘆伊生袂出小弟，替伊傳香火。所以阮阿母就按呢，親像一隻生卵雞，一直拚命生……（頓）彼一工，阿母共囡仔生落來無偌久，就予一个生份的查埔人押走，從此斷了消息，佮一个一个變無去的小妹仝款……（頓）我無法度原諒我家己……

蔡　牽：無需要責備你家己，每一个人攏有伊的命運……

蔡牽媽：怹的命攏是對我手中無去的……

蔡　牽：哪會按呢講？

蔡牽媽：見擺若是小妹出世，阮阿爸就會叫我佇無月的暗暝，將怹抱去溪邊，共怹駐水淹死，我共紅紅幼幼的小妹抱咧，看怹對我笑，對我哭，我實在不忍心，毋過我無辦法，因為我驚，驚後一个死的人就是我……

蔡　牽：萬般皆是命，半點不由人，咱攏是仝命的人……

蔡牽媽：（得意）你一定毋知，我最後一擺淹死的毋是小妹，是阮阿母拚性命生落來的小弟……我恨伊入骨，為著欲予伊出世，煞造成遮爾濟的悲哀……我將小弟囥佇冰冷的溪水內底，聽著伊佮遐袂赴大漢的小妹仝款的哭聲，我竟然有一種報仇的快，自彼工開始，我共家己講，絕對無欲閣為任何人流下一滴目屎，只要絕情，就無人會當閣傷害我，心嘛袂閣痛！

蔡　牽：我袂閣予任何人傷害你！

蔡牽媽：轉去的路真長，親像按怎行攏行袂完，沿路烏烏暗暗，彎彎斡斡，我三步做兩步行，我那行那唱歌，那唱那大聲……

【唱】火金蛄，覕草埔，尻川光光掛燈壺，

毋驚烏，毋驚苦，點點螢火照迷途。

（隨著歌聲，火炮不斷穿梭，點亮天際。）

蔡牽媽：海上的天星，讓我想起彼條烏暗路上替我照光的火金蛄。（頓）我真欣羨恁，雖然性命真短，毋過活了真精采，親像燦爛的煙花……

（突然一陣砲擊，命中蔡牽媽。）

（戰火無情，蔡牽抱著重傷的蔡牽媽，彷彿全世界只剩他們倆。）

蔡　牽：太上媽，你愛振作……

蔡牽媽：做王的，是袂當流目屎的……

蔡　牽：若無你，做啥物王攏無意義！

蔡牽媽：你敢知影為啥物我欲凌遲你？因為看著你為我痛苦，我才會感受著你的愛，只要你得袂著我，我就會永遠踮佇你的心肝，（冷笑）按呢你敢猶欲愛我？

蔡　牽：（堅決）欲！一生一世！

蔡牽媽：（氣若游絲）想袂到「一生一世」遮爾短……

蔡　牽：太上媽，你敢有真正愛過我？

蔡牽媽：我為你做的一切，就是寫予你上溫柔的情批……蔡牽，共我攬予牢，我需要真濟真濟的愛……

（此時大批流星落下。）

（蔡牽媽在蔡牽懷裡長眠。）

蔡　牽：（吶喊）太上媽！

（畫面：夢裡，蔡牽媽與童年時的自己相會。）

【唱】火金蛄，覕草埔，尻川光光掛燈壺，
毋驚烏，毋驚苦，點點螢火照迷途。

（燈暗）

第七場
萬古長青

時間：嘉慶十二年（一八〇七年）
場景：會議室／水師船面／蔡牽船面
人物：阿林保、李長庚（五十五歲）、王得祿（三十七歲）、阿林保的心腹、蔡牽（四十六歲）、蔡三來、水軍及海盜數名

（李、王及阿林保密室會談。）

阿林保：李提督、王副將，難得兩位將官忠肝義膽，真是大清朝之福。只不過恁追捕蔡牽至今，已有十數年，遍地烽火，民不聊生，皇上為此牽腸掛肚……

王得祿：蔡牽生性陰險、做事謹慎，加上爪牙甚多，實在無好對付。

阿林保：其實本官有一个好辦法……

李長庚：有何辦法，請總督說明。

阿林保：狸猫換太子！只要咱用一粒海賊的人頭當做是蔡牽的人頭上繳朝廷，此事就萬事卸大海，船過水無痕。

李長庚：好笑！去一个貪財的，換一个驚死的，你身為總督，應該知影忠義兩字按怎寫！

王得祿：哼！蔡牽繼續逍遙海上，為非糝做，阮兄弟仔煞難逃欺君之罪，你用蔡牽的刀刣家己的兄弟，你這招實在傷低路！

李長庚：總督，阮兄弟閣愛兵棋推演，無奉陪矣，請！

阿林保：恁……

（阿林保忍住氣，直到李、王兩人離開。）

阿林保：真是欲共我氣死……

心　腹：（搧風點火）大人，這个李長庚佮王得祿完全無將你囥在眼內，以後若予怹剿匪成功，我看，前總督玉德的下場真有可能就是咱的下場。

阿林保：哼！囂俳無落魄的久！（拿信）來，你將這張批送到兩軍交戰的邊界，若有海賊靠近，就走予怹逐……

心　腹：然後咧？

阿林保：就看天敢欲徛咱這爿矣……（燈暗）

蔡三來：義父，邊界掠著一个鬼頭鬼腦的敵軍，閣對伊的身軀搜出一張密函，批中指示李長庚明仔載入夜佈陣進攻……

蔡　牽：真好，三來，傳令落去，明日以小船應戰。
蔡三來：義父，按呢恐驚兩爿兵力差傷濟……
蔡　牽：我自有拍算，恁只要一直退，退甲烏水洋邊仔的海灣，我會佇遐等恁……
蔡三來：毋過遐是絕路……
蔡　牽：想欲活，就愛拚生死！（燈暗）
（黑暗中，搜索燈的光束往觀眾席來回探照。）
（燈亮。吶喊聲響徹天空，交手數回後，蔡牽手下的賊船全面撤退，李長庚號令戰船追趕。）
（賊船退至黑水洋旁的海灣，遭李王的戰船一擊沈落海底，海面上只剩一艘大船，上頭站著蔡牽。）
（李王的戰船再度擊中賊船，賊船搖晃，海賊紛紛跳海，但蔡牽仍直挺挺站立著。）
蔡　牽：李長庚，我佇遮等你！
李長庚：自這刻起，這隻戰船由得祿你掛主帥，我欲上船會蔡牽……

王得祿：大哥，萬萬不可！其中必有埋伏，若無，咱集中火力，讓他一死？
李長庚：袂用得！我必須親手將伊掠起來……因為……因為……（羞以
　　啟齒）……
王得祿：罷了！小弟相信大哥你有不得已的苦衷，我掛主帥便是……
　　（頓）大哥，你愛細膩……
（李長庚爬上賊船。）
蔡　牽：李長庚，咱終於閣見面矣，每一工我攏會想，當咱兩人面對面
　　的時陣，是啥物款的模樣？毋過無論按怎，咱兩人干焦有一个
　　會當活咧……
李長庚：小弟，莫閣做無意義的反抗，只要你投降，我會用我的人頭向
　　皇上懇求，保你一命……
（李長庚被一群海賊迅速圍住。）
蔡　牽：你看這馬的場面，敢是你應該對我講的話？
李長庚：我既然敢上船，就毋驚死，小弟，咱兄弟已經交纏一世人，嘛
　　應該愛有一个結束矣……
蔡　牽：啥人是你的小弟！

李長庚：毋管按怎，彼个天真活潑的小弟猶原踮佇我的心中！

蔡　牽：你佮外人做伙追殺我，閣將我上愛的人刣死，這就是你對待小弟的方式？

李長庚：我嘛講過，你若真正做歹，無論天涯海角，我一定會共你掠起來。

蔡　牽：你敢知影我是按怎予這个殘酷的現實逼到絕境？你敢有體會過腹肚枵甲擋袂牢，煞目睭金金看著親人枵死的痛苦？這是啥物絕望的世界！我絕對無愛向命運屈服，我欲共遐的糞埽官攏刣死，你煞佮鬼仔睏做堆，佮怹仝一个鼻空出氣……

李長庚：反抗朝廷只是死路一條，小弟，我無希望你死……

蔡　牽：真可惜，我嘛無想欲活甲無親像人……

（蔡牽將大砲對準李長庚。）

李長庚：希望來世，咱閣做一對生死兄弟……

蔡　牽：大哥……這是我最後一擺按呢叫你……（頓）真歹勢，我必須愛替我的太上媽報仇……（頓）再會……

（李長庚被砲擊落海。）

王得祿：（大喊）大哥，危險！來人，開砲……

（雙方駁火，王得祿戰船遭砲擊，王得祿落海，在海上浮沈。）

（一束光照在一個正看著信的女子。）

幕外音：夫人，我佇海面的生活過了真好，毋過心內思念的猶原是你，等待我擒拿蔡牽了後，我就辭官退隱。只要咱兩人做伙，毋免大富大貴，平凡簡單就是幸福，勿念，長庚……

（隨著王得祿在海上載浮載沈，燈漸暗。）

第八場
再戰蔡牽

時間：嘉慶十三年（一八〇八年）／嘉慶十四年（一八〇九年）
場景：王得祿家／海面
人物：蔡牽（四十七至四十八歲）王得祿（三十八至三十九歲）、鳳娘、王紹蘭、蔡三來、家僕、水師及海盜數名

王得祿：大哥，大哥，大哥……
（王得祿從睡夢中驚醒。）
鳳　娘：夫君你精神矣？多謝城隍爺保庇……
王得祿：是鳳娘？
鳳　娘：是啊！鳳娘一直佇遮……
王得祿：我……我頭殼足痛……
鳳　娘：夫君，毋通傷過激動，你受傷落海，佇海上漂流三暝三日，大夫講你寒邪入腦，必須愛長期歇睏……
（鳳娘咳嗽。）
王得祿：大哥人咧？
鳳　娘：伊嘛……（思考半晌）伊已經回轉家門矣……

王得祿：按呢我就放心囉……鳳娘，這幾冬，你辛苦矣……
鳳　娘：夫君為國盡忠，鳳娘毋敢貪求兒女私情……
（鳳娘又咳了數聲。）
王得祿：為著百姓會當平安過日，我全力追捕海賊，毋閣看著兄弟為國犧牲，我有時陣就會懷疑這个信念敢是著的……
鳳　娘：夫君，勇者無敵，我為你驕傲……
（鳳娘咳嗽加劇。）
王得祿：鳳娘，你敢有要緊？
鳳　娘：小小傷寒而已，無大礙……夫君，這十幾年，你敢有想過我？
王得祿：有！真思念，毋過煞那來那想袂起來你的模樣……（頓）鳳娘，你應該袂怪我才是！
（鳳娘別過頭拭淚。）
鳳　娘：（壓抑）袂啦……
（鳳娘轉身面對王得祿。）
鳳　娘：夫君，你看，我敢毋是咧笑……
王得祿：你笑起來真媠，像花仝款……

（鳳娘再咳嗽幾回。）

鳳　娘：花閣較婧，嘛是有薦去的一工，夫君，敢會當陪我恬恬度過一段平凡、平靜，干焦屬於咱兩人的日子？

王得祿：鳳娘，我答應你，我一定將你的手牽牢牢，一生一世，絕不放手。

（燈暗）

幕外音：來報啊……啟稟老爺，朝廷大臣王紹蘭求見……

（燈亮起，王得祿與王紹蘭對談。）

王得祿：王大人，京城與此地萬里之遙，你千里迢迢，所為何事？

王紹蘭：聖上知影王總兵此次傷勢不輕，所以特別命本官，轉達慰問之意。

王得祿：託聖上之福，傷勢已恢復九成……

王紹蘭：按呢就好，你是皇上的愛將，絕對袂當失覺察！

王得祿：皇上敢有命人去提督李長庚府中探視？

王紹蘭：當然有，除了起祠紀念，另外追封李長庚為三等壯烈伯，算是誠光榮……

王得祿：大人，你毋通滾耍笑，大哥伊……

王紹蘭：伊已經為國捐軀矣……

王得祿：無可能，大哥是神將，哪有可能會死！

王紹蘭：（挑動神經）你就愛問蔡牽囉……今日本官帶來皇上的兩道口諭，其一是愛你繼續調理身體，第二是即刻起接任李長庚提督之缺，並全力追捕蔡牽，這兩道口諭，你家己好好選擇！

王得祿：請大人稟告皇上，末將就算是粉身碎骨，也欲將蔡牽掠到手！

王紹蘭：王提督果然是忠臣良將，本官欲回京覆旨，告辭囉……

（王紹蘭走後，王得祿喚鳳娘入。）

幕外音：來了……

王得祿：鳳娘，我必須愛趕往水師營矣……

鳳　娘：（緊張）夫君，你頭風之症尚未痊癒，敢會當閣留幾工，共身體顧予好？

（鳳娘再咳嗽幾回。）

王得祿：你才應該顧好家己的身體，毋通予我掛慮……

鳳　娘：我無要緊，若無，暗頓食完才走？

王得祿：鳳娘，等我戰勝轉來，看欲做伙食偌濟頓飯，我攏陪你。

鳳　娘：若無，予鳳娘送你一程，算我求你？

王得祿：唉……就有勞鳳娘便是！

（鳳娘陪王得祿走到岸邊，兩人難分難捨。）

鳳　娘：夫君，你敢知影海水為啥物會遮爾鹹？

王得祿：自盤古開天起便是如此……

鳳　娘：夫君，你錯囉……因為海水是女人等待時流落的目屎……

王得祿：鳳娘，我了解你的委屈佮悲傷，（頓）毋過我必須愛替大哥寫一个結局……

鳳　娘：逐擺我若是思念你，我就會一个人恬恬來遮，聽著海風的聲音，當作是你佇我的耳空邊講話……（感嘆）人，有時陣著愛欺騙家己，日子才過會落去……

王得祿：起風矣……鳳娘，緊回去，毋通寒著……等掠著蔡牽，為大哥報仇了後，我一定馬上轉來⋯⋯

鳳　娘：夫君，這是我閣去城隍廟求來的香火，你紮予好⋯⋯（頓）我等你轉來⋯⋯

（王得祿轉身離開，被鳳娘緊緊抱住。）

（王得祿掙開，往前走了幾步，停止。）

王得祿：回去啦！（燈暗。）

（燈亮起，火光熊熊，吶喊聲震天響，王得祿率領水師，與蔡牽奮戰。）

（兩方交手數回，王得祿戰船將蔡牽團團圍住，蔡牽賊船受困。）

王得祿：蔡牽，你猶毋趕緊束手就縛⋯⋯

蔡　牽：（大笑）投降毋是我的專長⋯⋯

王得祿：你敢毋驚死？

蔡　牽：等你失去你的至親所愛，你就知影，死已經無啥通好驚的⋯⋯海上捌流傳一个故事，真久真久以前，人攏是兩粒頭、四隻手、四隻跤，後來因為傷過驕傲，予神切做一半，每一个人攏是半人，愛揣著伊的另外一半，才會當算是一个完整的人⋯⋯（頓）

因為有伊，我的人生終於完整矣，所以就算是死，我嘛無任何遺憾……

王得祿：死王爺毋值得活乞食，活咧上重要，你應該愛替恁兄弟設想。

蔡　牽：（對手下）各位兄弟，這擺咱應該逃袂過矣，逐家想欲投降、保全性命的，這馬趕緊，我袂怪恁逐家……

眾　人：（大喊）阮佮威武王，仝行仝命，生死與共……

王得祿：命運是暫時的，歷史才是永遠的，何必留下臭名？

蔡　牽：既然命運逼我走投無路，我就欲化為惡魔佇歷史留名！兄弟，放火！

（蔡牽自焚戰船，眾人齊喊「仝行仝命，生死與共」之後，海戰場面逐漸無聲，藉由燈光，成為模糊的記憶片段。）

（鳳娘病體孱弱，獨自望向大海。）

《無聲的情歌》

歲月畫眉，胭脂不改，喙脣猶有你的愛，

望斷天涯，思念難耐，船隻何時倒轉來？

落雪的頭毛，落佇無伴的眠床，

對鏡梳妝，袂堪得青春拍損。

傷心唱無韻，等待有你的天光，

寂寞入門，這个暝哪會遮爾長，

海風吹啊吹啊吹，水花�啊趖啊趖，

一暝相思講袂煞，你的名佇阮心肝，

海風吹啊吹啊吹，水花趖啊趖啊趖，

半爿月娘照孤影，等你，是無聲的情歌。

鳳　娘：（邊咳邊說）夫君，你敢知影我是用偌大的勇氣，才會當面對像大海一般的孤單……我已經佇遮等你傷久矣……我……等袂落去矣……愛記得，一生無所求，只願君平安……

海風吹啊吹啊吹，水花�啊趖啊趖，
一暝相思講袂煞，你的名佇阮心肝，
海風吹啊吹啊吹，水花趖啊趖啊趖，
半爿月娘照孤影，等你，是無聲的情歌。

（鳳娘的叮嚀化成歌聲，飄散在風中。燈漸暗。）

終場
蕩寇浮生

時間：道光二十一年（一八四一年）
場景：城隍廟前
人物：王得祿（七十二歲）、小兵、小兵的妻子、百姓數名

（黑暗中宣讀聖旨。）

幕外音：奉天承運，皇帝詔曰，嘉義城隍廟護國佑民，神威顯赫，特別欽命太子太保王得祿立匾——「道宏化育」，以受萬民敬仰。

（燈亮，王得祿老態緩步走出，見一對新婚夫婦離別。）

小　兵：唉……太平的日子過無偌久，戰爭又閣開始矣……

兵　妻：厝內的代誌我攏會打理好，你免煩惱……這是城隍爺的香火，你紮佇身軀保平安……

小　兵：某的，你趕緊轉去，莫佇遮圖風，我會平安轉來……

兵　妻：翁的，我等你轉來……

（見夫妻離別，王得祿多有感觸。）

（小兵之妻離開，小兵與王得祿會合，老少身影形成強烈對比。）

小　兵：大人，阮阿公定定提起你火燒蔡牽的故事，這擺會當佮大人做伙拍阿啄仔，我感覺真光榮……

王得祿：遐爾久的代誌，我早就袂記得矣……

小　兵：這个新皇上就是毋捌寶，對你這个前朝重臣攏無重用，莫怪國政艱難，連阿啄仔攏敢欺負咱。咱這擺就予阿啄仔試一下仔鹹汫……

王得祿：（感嘆）少年的時陣，咱總是認為會當改變世界，到落尾才知影，戰事未停身已老……（頓）我的一生就是講袂完的亂世烽火……

小　兵：若是世界因為咱有淡薄仔改變，按呢一切的犧牲攏有價值……

王得祿：你真親像我熟似的一个人……

小　兵：啥物人？敢有比我較緣投？

王得祿：（笑）故事真長，若有機會，我才沓沓仔講予你聽……

（王得祿與小兵背向觀眾，餘暉西下，燈光漸暗，直到無光。）

劇終

情鎖迷圖

布袋戲劇本

二〇一七年 臺南藝術節
城市舞臺作品

創作理念

臺灣歷經原民治理、荷蘭統治、明鄭、清領、日治及民國時期，由南島血脈開始，臺灣人的血液不斷透過殖民與通婚，越來越多元，越來越混種，回顧過去一段又一段的殖民史，我們無法否認，只能正視。

關於「我是誰」這個課題，絕不是純粹建立在血緣的基礎上，也絕非建立在虛構的政治神話裡，而是建立在自我認同後的尋根溯源。歷史是迷，但同時也會是答案。此次文本以荷蘭時期斷代史為經緯，以「何斌獻水師圖」為引子，藉由文獻的考究及想像力的灑潑來發展情節，帶領觀眾探索在歷史迷霧中失落的過去。

劇中創作的主述權由以往的漢人何斌，移轉給當時的「番人」雲娘，透過雲娘的女性觀點及原民視角，還原荷蘭時期臺灣原民的集體哀傷；以漢人視為不祥的苦楝樹為意象，象徵雲娘（族群間）不被理解的出身。每個人都在不斷地參與歷史、創造歷史，血液裡的DNA流淌著過去，從荷蘭、明鄭、滿清、日治、國民政府，乃至於現在，我們的鮮血就是一部臺灣殖民史，唯有與歷史對話，才能創造更多的理解與寬容。

劇情大綱

何斌背負家破人亡的深仇大恨，為了出人頭地，不擇手段投靠了鄭芝龍，後因謀取更大利益，自薦為荷蘭人通事，藉以中飽私囊，不料被荷蘭人發現其侵占稅金，於是除去其赤崁第一通事的權力。一日，失意的何斌入了江山樓，愛上了名為雲娘的青樓女子，雲娘煽動何斌，獻水師圖予鄭成功，借鄭成功之力除去荷蘭在台勢力，而所有的一切，只為了一段令人傷心的往事……

場次說明

序　場　**時移事易**
世事變遷，重回十六世紀大員族群的起落與恩仇。

第一場　**浮雲俗世**
何斌被鄭成功的押解官押至何府，伺機跳井遁逃。

第二場　**刀俎人生**
少年何斌因受惡勢力所致，家破人亡，於是暗下決定，要成為世上最有權勢之人。

第三場　**海上飄浪**
何斌不擇手段換取鄭芝龍的信任，最後又轉而為荷蘭人做事。

第四場　**苦楝悲歌**
小雲娘的雙親因經歷麻豆社屠社事件，隱姓埋名過日。父親潘勇受屠社事件影響，終日苛責自己。

第五場　**為虎作倀**
小雲娘家的土地遭何斌設計奪取，雙親也因此事喪命。

第六場　**兩面斌官**

何斌與鄭成功的戶官鄭泰達成協議，協助鄭成功在台收取商稅。

第七場　**迷濛之夜**

何斌與雲娘首次碰面，雲娘表面上不動於衷，內心卻激憤不已。

第八場　**愛恨交織**

雲娘療癒了何斌的脆弱，但卻也逐漸對何斌產生愛意，愛與恨在內心矛盾共生。

第九場　**豪賭一場**

何斌因替鄭成功收商稅，而遭荷蘭人通緝，雲娘以保全財產為由，要何斌獻水師圖給鄭成功，並同意嫁予何斌。

第十場　**兩敗俱傷**

成親前一日，雲娘告知何斌昔日奪地，殺害她雙親的過往，最後雲娘飲毒酒身亡。

尾　聲　**情鎖迷圖**

何斌一生精算，最後徒留一陣欷噓，行蹤成謎。

人物說明

何斌

泉州南安人氏，因少時貧困，屢遭欺壓，立志成為世上最有權勢之人。先後周旋於鄭芝龍、荷蘭及鄭成功三大勢力間，擔任荷蘭通事，並為赤崁首富及漢人首領。協助鄭成功收商稅，遭荷蘭法院通緝，最後獻水師圖，助鄭成功順利攻臺。

阿芸

何斌的青梅竹馬，因父親欠下賭債，被擄至青樓。

阿嫣

獨立撫養何斌長大。年少時何斌為救阿芸，而與混混爭執，混混亮刀刺向何斌，阿嫣用身體護住何斌，不幸身亡。

雲娘

江山樓之歌妓。因何斌的詐術，而導致家破人亡，為求生存，委身江山樓。雲娘以美人計操弄何斌，藉以報滅門血恨，卻因愛上何斌，最後走上絕路。

潘勇

即是雲娘的Sama（西拉雅語父親之意）。年少時夥同友伴，設計殺害荷蘭兵，造成麻豆社屠殺事件。自此逃離麻豆社，帶著小雲及牽手隱姓埋名過日，後因中了何斌之計，土地將被沒收，最後奮起抵抗，慘遭槍殺。

Dena

西拉雅語母親之意，在此專指雲娘的母親，個性堅毅，因土地被沒收，奮起抵抗，與潘勇雙雙身亡。

鄭泰

國姓爺鄭成功的戶官，遊說何斌協助國姓爺收商稅。

石財寶　好色又無膽，依附於何斌的市道之交。

春　姨　江山樓老鴇，八面玲瓏。

管　家　受雇於何斌，忠心耿耿。

其　他　鄭成功、荷蘭官兵及鄭家軍數名、押解官等各一演員。
啞巴小弟、蟾蜍老大、田雞、歌妓、江山樓客人、麻豆社人、轎夫、媒婆、看戲民眾數名。

序場
時移事易

說書：西元十六世紀，臺灣沿海諸雄爭霸，荷蘭、鄭氏父子、滿清三大勢力互相比並。何斌獻水師圖予鄭成功，終結荷蘭人佇臺灣的統治勢力。吳園是何斌的故居，盈暗，本劇團將欲藉著這个舞臺，搬演大員這塊土地的美麗佮哀愁。

第一場
浮雲俗世

場景：何府後花園
人物：何斌、押解官、隨從二名、雲娘

（押解官押解何斌入。）
押解官：斌官，該啟程矣……
何　斌：官爺，敢會當閣予我淡薄仔時間……
押解官：耽誤時辰，恐驚國姓爺會受氣……
何　斌：如今我既是有罪之身，一切過錯就由我承擔……（銀兩賄賂）官爺，這淡薄仔意思，提去食茶。
押解官：國姓爺軍令如山，這袂當……
（何斌識相地拿出更多銀兩。）
何　斌：我了解，我了解，官爺是一个謹守本分的廉官，絕對袂歪哥。
（押解官接過銀兩，兩人有默契，相視而笑。）
押解官：當然，當然。Time is money. 我予你半刻的時間。

（押解官下臺。）

何　斌：飛鳥盡，良弓藏；狡兔死，走狗烹。想袂到我何斌一生

精算，煞算袂著今仔日這款的場面……

（女子的歌聲響起，一時落花繽紛。）

何　斌：雲娘，你敢有看著，苦楝已經開花矣……

（燈光漸收，幽暗中，何斌彷彿看見雲娘在唱歌。）

昨暝苦楝花飄零，離了樹椏失了形，

花心冷如冰，一樹淡紫夢境，怎堪好夢顛倒反。

（何斌跳井遁逃，押解官入內，尋找何斌未果。）

你的身影你的面，親像海湧滾袂停，

對坐相思燈，今夜溫酒將你敬，向望結子定鴛盟。

（燈光轉換，時空回到何斌的年少時代。）

第二場
刀俎人生

場景：市場
人物：少年何斌、阿芸、小弟、阿媽、蟾蜍老大、田雞

阿　芸：【唱】蝴蝶夢花，花心開為誰啟，恨命底，上驚薄情人來看低。可憐花啊可憐花，淚眼相對無話，鴛鴦夢破碎難雙飛。

何　斌：阿芸，今仔日心情好喔，閣會唱山歌……
阿　芸：阮阿爸咒誓講伊無欲閣跋矣，若閣跋，伊就……
何　斌：伊就按怎？跋筊人十肢指頭仔切掉，伊嘛是照常跋！
阿　芸：袂啦！伊講這擺是真的，我已經提錢予伊去還筊數矣……
何　斌：毋知影欲講你天真，猶是戇？跋筊人講的話，聽聽咧就好……
阿　芸：我無愛插你矣……哪有人一透早就共人潑冷水，潑甲我規身軀冷吱吱……
何　斌：阿芸，你知影我無這个意思，我是真正咧關心你……
（何斌和阿芸眼神傳情。）

幕外音：斌仔！斌仔！
（阿媽入。）
阿　媽：這斌仔是咧創啥物？叫嘛叫袂應……喔……原來是咧談戀愛……
（阿媽突然卡在兩人中間，原本浪漫的氣氛瞬間凝結。）
何　斌：阿媽，你咧創啥？
阿　媽：我才欲問恁是咧創啥？
何　斌：（支嗚其詞）我就……我就……
阿　芸：阿媽，就斌仔的面垃圾垃圾，我想欲共伊拭予清氣。
（阿芸幫何斌擦臉。）
阿　媽：誠好，誠好……阮斌仔真有福氣。阿芸你溫純善良，無親像阮斌仔個性衝碰，所以你著愛幫阿媽共斌仔顧予牢。
何　斌：阿媽，八字猶未有一撇……
阿　媽：我早就去合八字矣……
阿　芸：（害羞）乎……阿媽……

阿　媽：恁老爸來共我借錢，我就順紲討你的八字，恁兩人鬥起來就是峇峇峇，圓滿兩字。我看趕緊娶娶咧，通予我抱孫。

阿　芸：阿媽，我出世就是歹命底，兩人合婚敢好勢？

阿　媽：戇囡仔，咱攏是歹命人，干焦有歹命人才會疼惜歹命人。

阿　芸：外口百花開遮濟，你敢願意做伙飛？

何　斌：我咒誓，這世人無愛千金女，只愛你這个大跤蹄……

阿　芸：我若嫁過去，阮小弟就無人照顧矣……

何　斌：阿芸，伊是你的嫁妝，我會好好照顧伊……

（蟾蜍老大與田雞入。）

蟾　蜍：看著恁逐家喙笑目笑，趁真濟喔……

阿　媽：無啦……蟼蜍大的……

何　斌：這個月的保護費毋是已經提予你矣……

田　雞：少年仔，你真囂俳，講話真昂聲！

阿　媽：歹勢啦……蟼蜍大的，阮斌仔大嚨喉空，無歹意啦……

蟾　蜍：無歹意就強欲共我拆食落腹，若真正有啥物意思，這規个市場毋就攏交予伊管？少年仔，講話小注意咧……我佇遮收保護費已經收十外年矣，收錢收甲攏變好朋友矣，阿婆，你講是毋是？

阿媽：（打圓場）著啦……蟼蜍大的教示了著，阮斌仔就是全食一把膽，頭腦無蓋好，攏靠彼粒戇膽。芸仔，倒茶予蟼蜍大的啉。

田雞：阮大的無時間通啉茶，閣愛趕去交貨……

（阿芸見田雞輕薄，白了田雞一眼。）

田雞：實在有影媠。

何斌：恁欲創啥？

蟾蜍：我欲創啥？共你這个臭小囝無底代！

田雞：阮今仔日來遮，主要是為著這个媠姑娘。

何斌：伊已經是我的某囝，恁毋通烏白來！

阿媽：蟼蜍大的，這一定是有啥物誤會！

阿芸：欲放火燒厝，嘛就燒著間，阮阿爸已經將錢還恁矣……

蟾蜍：阿芸啊，你有影天真，你提予恁老爸遐的錢，伊猶是提去翻本，結果愈翻，愈翻袂過身。可憐啦……你的後半世人輸佇春風樓，你這世人算是烏有去矣……

田　雞：唉……可惜啦……婧人無婧命……

（啞巴小弟嚇得躲在眾人後面。）

阿　芸：我毋願……

田　雞：毋願？我田蛤仔就用縛的！

（何斌擋在阿芸前面。）

何　斌：啥人攏不准悉走阿芸，伊是我的性命……

（何斌與兩人對峙。）

阿　媽：斌仔，較細膩咧！

（兩人過招數回後，何斌敗陣，田雞持刀刺向何斌。）

阿　媽：斌仔，危險……

（阿媽為何斌擋刀。）

何　斌：（吶喊）阿媽……

蟾　蜍：田蛤仔，緊共人掠起來！

阿　芸：（吶喊）刣死人矣……啥人來救阮。斌仔，替我照顧阿弟仔……

（阿芸被強行帶走。）

阿媽：「項羽縱有千斤力，毋值劉邦四兩命」，這一切攏是命。

何斌：我無愛，我毋認命，這毋是我的命。

阿媽：阿媽無法度照顧你矣……你家己愛保重……

說書：上天嘛難忍骨肉分離之苦，落了一陣大雨。何斌佇風雨中忍受著失去至親的痛苦。回首前塵往事，過去的甜蜜佮憂傷，一直佇伊的腦海中徘徊，滿腹憤慨的何斌對家己講……

何斌：我這世人絕對無愛閣受人欺負，我一定欲成功，我欲趁真濟真濟錢，我欲有權有勢，我欲變成人人上蓋欣羨的好額人。阿芸，你等我，我會將你揣轉來。阿弟仔行，咱來去……

第三場
海上飄浪

場景：海面／密室
人物：少年何斌、小弟、鄭芝龍、手下數名、荷官
說　書：正所謂「富貴險中求」，何斌雖然一無所有，毋過伊眼光誠精準，伊知影荷蘭人雖然佔有臺灣，毋過物資運送猶原需要海運，所以伊看好海權實力厚實的霸主鄭芝龍。伊無顧危險悉阿弟仔去投靠鄭芝龍。

（何斌乘舟，與大船上的鄭芝龍在海面論事。）
鄭芝龍：你是啥物人？
何　斌：我是啥人無重要，重要的是，我是你需要的人。
鄭芝龍：（大笑）竟敢佇我面頭前口出狂言，你有影好腳數。
何　斌：我已經一無所有矣，嘛無啥通好失去的……
鄭芝龍：憑啥物愛我用你……
何　斌：我知影荷蘭人長期掌握臺灣物資，大人需要有人替你拍開臺灣的市場，我就是你欲揣的彼个。

鄭芝龍：欲按怎證明你的忠心？
何　斌：一寸丹心，日月可鑑。
鄭芝龍：（大笑）無夠！邊仔彼个是啥人？
何　斌：阮小弟。
鄭芝龍：為著欲證明你的忠心，你敢真正啥物代誌攏願意做？
何　斌：我願意！
鄭芝龍：（冷笑）將伊處理掉。
何　斌：你是講⋯⋯（意會過來）袂用得！伊只是一个囡仔。
鄭芝龍：你毋敢！
何　斌：毋是毋敢，只是⋯⋯（猶豫）這⋯⋯
鄭芝龍：來人啊，開船！
何　斌：等一下⋯⋯（頓）大人，予我一鈷酒。
（鄭芝龍比個手勢，小兵拿酒上。）
何　斌：阿弟仔，佮阿兄喝一杯。
（小弟開心地喝下，兩人望向海面。）

何　斌：阿弟仔，你看，做一隻佇天頂逍遙自在，飛來飛去的野鳥，
　　　　是偌爾幸福的代誌……
（何斌冷不防地將小弟推入海裡。）
何　斌：阿兄對不起你……
說　書：為著成功，何斌失去理智，將阿弟仔摔落去海裡。伊嘛知影這
　　　　馬佮伊上親的只有阿弟仔，毋過伊愛把握這次機會，這是接近
　　　　權勢上好的機會，唯有無惜代價，才是成功之道。
鄭芝龍：（得意的笑）何斌，你做了誠好，這才是我鄭芝龍欲用的人，
　　　　（對手下）來人啊！予伊上船……
（何斌棄舟，上鄭芝龍的大船。）
說　書：年紀輕輕的何斌學習能力強、精通荷蘭語言，每次替鄭芝龍佮
　　　　荷蘭人談判時，總是能攻能守，表現超凡，為鄭氏的海上霸國
　　　　立了袂少的汗馬功勞。毋過伊慢慢仔發現，鄭芝龍對伊總是加
　　　　一分的提防，佇鄭芝龍身邊，伊不過是一粒棋子爾爾。

（何斌與荷蘭官員在海面談判。）

荷　官：久聞何斌先生口才一流，思慮周全，每次若是何斌先生出馬，荷蘭就愛讓利不少，如今看來，果然名不虛傳。

何　斌：大人你過獎矣，是大人恩慈，無愛佮在下一般見識。

荷　官：不過有一句無輸贏的話，毋知影何斌先生敢願意聽？

何　斌：但說無妨。

荷　官：按呢，我就有話直講矣……佇鄭芝龍身邊做事，你只是伊的一粒棋子，不如你來替阮荷蘭人做翻譯。

何　斌：真的！（轉身，自我對話）荷官講的話句句鑿入去我的心肝窟仔，既然佇鄭芝龍身邊無受著重用，規氣來替荷蘭人做翻譯。為荷蘭人做翻譯的好處就是頂面講一寡，下面摸一寡，這荷蘭人既然聽無咱講的話，這未來的利益一定比替鄭芝龍做翻譯好太濟。

荷　官：漂流的海湧是男兒放浪的靈魂，船隻總是愛靠岸。請何斌先生慎重考慮。

何　斌：既然荷官遮爾有誠意邀請，何斌再三推辭總是毋好。

荷　官：所以你的意思是答應囉⋯⋯

何　斌：好，我答應你。

（何斌與荷官對飲的身影漸出。）

說　書：何斌憑藉伊的聰明，真緊就擔任荷蘭東印度公司的要職，一步一步往伊認為的成功之道前進。

316

317

第四場
苦楝悲歌

場景：苦楝樹下／麻豆溪邊／潘勇臥室
人物：小雲娘、Dena、潘勇（Sama）、
Carel Barelier（副官）、Jacob Hooman（指揮官）、
麻豆社人及荷兵數名、普特曼斯（臺灣第四任荷蘭長官）

（小雲娘與母親在苦楝樹下嬉戲。）

小雲娘：Dena（母親之意），苦楝仔閣開花矣……

Dena：是啊……春天又閣來矣……

小雲娘：Dena，咱這欉苦楝仔哪會攏無朋友？看起來足孤單……

Dena：講來講去攏就愛怪伊的漢名，你看這苦楝雖然清芳淡雅，毋過伊的漢名聽起來就親像「可憐」，歹吉兆，所以伊是漢人的不祥之樹。

小雲娘：這漢人實在厚譴損……

Dena：著啊！這是一欉好樹，卑南族人叫苦楝仔 gamut，祭師替喪家共穢氣除掉的時，會手提苦楝花，用手指頭仔劃過鼻頭，祈求好運年年來。

（小雲娘跟著比劃著。）

小雲娘：這親像紅毛仔向怹的神明講話，（比完動作）阿門……實在足心適……

潘　勇：（震怒）不准你學紅毛仔拜耶穌！

（潘勇走出草屋。）

小雲娘：Sama（父親之意），我只是好耍爾爾……而且咱麻豆社有一寡族人嘛開始去紅毛仔的教堂拜耶穌！

潘　勇：你愛記得，咱的祖靈是阿立祖，怹佮咱有不共戴天之仇。

小雲娘：Sama，哪會按呢講？

Dena：遮毋是咱原本的厝，是怹逼咱遠走他鄉……

潘　勇：（憤怒）我永遠記得，佇幾偌年前的彼个冬天，荷蘭人進攻咱麻豆社。雖然族人奮勇殺敵，毋閣荷蘭人武器先進，族人死傷無數，最後長老只好簽下歸順條款，將土地佮產物，讓渡予荷蘭國。這是我心內永遠的痛，永遠好袂離的傷痕。

（燈光轉換，進入潘勇年輕時的回憶。）

潘　勇：紅毛人實在真無理，侵門踏戶來凌遲。

眾人1：荷蘭人毋但招募漢奴來臺開墾，閣要求咱獻地予他種甘蔗，實在食人夠夠！

眾人2：咱若無替他做牛做馬服勞役，他閣會用毛瑟銃對付咱，按呢敢有天理？

潘　勇：所以咱愛予他知影咱麻豆社毋是好惹的……

眾人3：頂一擺，荷蘭兵來社裡要求咱鬥掠「漢族海賊」，我雖然凝佇心裡，毋過我知影他對咱地勢無瞭解，所以我就共他裝痟的，悉遮的戇兵玲瑯踅……

潘　勇：地勢無瞭解……有辦法矣……來……如此，如此，這般，這般……

眾人2：大的，這真是好妙計，咱麻豆社欲出頭天矣……

（荷蘭搜索隊上，草叢晃動，隊員開槍失準，梅花鹿逃開。）

Jacob：少年仔，毋通看著烏影就開銃，銃子足貴的……

眾　兵：Yes, sir.

Carel：報告指揮官，咱共規的麻豆社攏強欲反過來矣，猶是揣攏無……

Jacob：副官，荷蘭總督有講過：「臺灣是公司的一隻好奶牛。」意思就是講臺灣這座金山銀庫，咱愛共伊顧予牢，橐袋仔的錢絕對袂當分予別人開，所以毋管付出啥物代價，遐的海賊攏愛掠起來！

Carel：有道理！毋管啥物人，若是無乖乖，咱閣用這枝共您呼呼兩聲。

Jacob：雖然遮規的臺灣島攏是咱荷蘭人的土地，毋過島外的海權猶是落佇鄭芝龍佮鄭成功爸囝手頭，一寡漢奴表面上對咱荷蘭人向頭，心抑是歸向鄭氏。所以毋管是漢人抑是番人，攏愛嚴加控制。

Carel：猶是指揮官想的較周全。

兵　1：報告指揮官，頭前是麻豆溪，水勢兇險，水流變化萬千，聽番人講，已經死真濟人。

Jacob：副官，你有啥物看法？

Carel：遮的地勢咱完全無瞭解，閣加上日頭咧欲落山，所以上好的辦法就是叫番人炁咱過河！

Jacob：天色欲暗矣，欲去佗位揣番人？

Carel：遮是怹必經之路，只要佇遮等，一定會拄著。

Jacob：有理！有理！咱就佇遮歇睏，順紲等。

（麻豆社人帶獵物入，見到荷蘭兵刻意問好。）

潘　勇：Hello……

眾人1：Hi……

眾人2：Thank you……

Jacob：哼！番就是番，一寡仔素養攏無……副官，你毋是會曉講一寡番話，你去共怹講，叫怹炁咱過河。

Carel：Yes, sir!（對番人）少年仔，指揮官愛恁炁阮過河。

潘　勇：長官平常時對逐家遮爾照顧，這馬有需要阮鬥相共，當然是無問題啦。

Carel：報告指揮官，想袂到遮的番囝番，嘛知影通報恩。

潘　勇：（悄悄）兄弟，拍獵的時刻欲到囉……

潘　勇：長官，恁逐家愛坐予好，溪水是誠無情的！

（荷蘭官兵向耶穌基督祈禱後，被麻豆社人背著過河。）

說　書：荷蘭兵平穩的坐佇這三名麻豆社人身上，煞全然毋知影恁將欲面對生死交關的局面……水勢兇殘危險，命運隨時翻轉，荷蘭人高人一等的地位與身份，這陣煞完全掌握佇怹響相的番人手中。

Jacob：敢欲到矣？

Carel：少年仔，這水勢哪會那來那危險？

潘　勇：因為溪水是阿立祖的目屎……

說　書：就在此時，一个反身，番人共荷蘭兵的銃搶過來，荷兵落佇兇險的溪水之中，怹淒慘的哀聲，響震雲霄……

潘　勇：無論恁按怎叫，攏無人聽會著。

Carel：為啥物欲按呢對待阮？

潘　勇：我講過，溪水是阿立祖的目屎，恁敢無聽著阿立祖哀怨的哭聲？

Carel：救我……我會將一切當做無發生過……

潘　勇：無可能，阮已經擋袂牢矣……

說　書：番人仝一个時陣擛銃，彈向為著生存，拚性命想欲爬上岸的荷蘭官兵，銃聲佇恬靜的暗暝特別響亮。

眾人2：大的，咱贏囉……

眾人3：荷蘭人予咱刣死矣……

潘　勇：辛苦逐家矣……咱是麻豆社的勇士，咱是麻豆社的英雄……

說　書：少年人用青春的憤慨，化做一腹怒火，刣死荷蘭兵，煞毋知影竟然會換來荷蘭人殘暴的報仇行動，滅族是麻豆社命運的悲歌。

（一道光照在荷蘭臺灣長官普特斯曼身上。）

普特曼斯：恁遮的番人遮爾好大膽，竟敢刣死英勇的荷蘭戰士，本官一定愛恁麻豆社血債血還。眾將聽著，入社了後，無論是男女老幼，該刣就刣，不得軟心。

眾荷兵：Yes, sir.

（武戲呈現麻豆社大屠殺畫面。）

說　書：荷蘭大軍壓境，麻豆社人死傷無數，走會赴的，就逃往他處，袂赴逃離的，就算是幼童、婦女佮老人，也無能倖免。生不同時死同期，奈何橋上說哀悲，您可能到死攏毋捌想過，世間哪會有如此殘忍的集體屠殺……

眾　人：阿立祖，請保庇咱後代囝孫會當平安，族人的血脈傳承生湠。

（回歸現實場。）

小雲娘：這紅毛仔真是欺人太甚。

Dena：我佮恁Sama逃難來遮，兩人互相扶持，閣將故鄉的彼欉苦楝種轉來……

潘　勇：Sama隱姓埋名，改漢名潘勇，如此忍辱偷生，干焦希望咱規家伙仔會當過平靜過日。其實我逐工攏是受著良心的譴責，痛苦不堪。

Dena：好矣……莫閣講矣……

潘　勇：小雲，你愛記得，咱族人的血脈、阿立祖留下的根基，千萬袂當消失！猶閣有，這段血海深仇，恁一定愛記咧……

小雲娘：小雲向阿立祖立誓，這世人我絕對袂放予袂記……

（黑暗中鬼影幢幢，麻豆社事件以慢動作反覆重現。）

眾　人：（迴音）阿立祖，請恁保庇咱後代囝孫會當平安，族人的血脈傳承生湠。

兄　弟：大的，這真是好妙計，咱麻豆社欲出頭天矣……

（潘勇從睡夢中驚醒，大喊對不起，燈光瞬間亮起。）

潘　勇：（反覆）真歹勢，我對不住恁！

Dena：你又閣做惡夢矣？

潘　勇：我是滅族的罪人，我毋是勇士，我是畏戰的術仔。

Dena：你莫閣自責矣……

潘　勇：兄弟，請恁原諒我的軟弱佮自私，選擇離開，無佮恁做伙拚到底……

Dena：這大員已經毋是咱熟似的大員矣……就算是用盡全力，嘛無法度抵抗荷蘭人。

潘　勇：為著欲隱藏身份，我逐工掩掩揜揜，學習漢人禮俗佮文化，假做家己是漢人，毋敢予人知影我是番。為啥物為著欲活落去，咱就愛背離阿立祖？文化敢真正有好穤之分？

Dena：莫想遮爾濟，日子較好過啦……

潘　勇：敢有？土地予荷蘭人搶搶去，強徵勞役、贌社。猶未實施贌社進前，有真濟社商會互相競爭，鹿皮、鹿肉價數較好，這馬市場攏予一个社商贌牢咧，價數在伊刣，咱嘛干焦會當喙齒根咬予絚，殘殘共賣出去。

Dena：按怎歹過，日子嘛是愛過……

潘　勇：我驚是過袂落去矣……人頭稅這个會食人的怪獸，只要滿七歲的人攏愛納，咱已經還袂出來矣……

Dena：既然漢人愛抾人頭稅，咱就莫閣假做漢人矣……咱番就是番，無需要拜一个仔阿立祖，閣愛驚人知！

潘　勇：（嘆氣）唉……啥叫咱是荷蘭人欲追捕的麻豆番……

（潘勇嘆息，Dena 輕拍潘勇肩膀，表以安慰。燈暗。）

第五場
為虎作倀

場景：雲娘家

人物：何斌、荷官、小雲娘、Dena、潘勇（Sama）、荷兵數名

（荷官與何斌帶著數名隨從，至小雲娘家收取人頭稅。）

何　斌：長官，咱兩人已經合作真久矣……你應該知影我欲愛啥物？

荷　官：你愛地，我愛錢，你得著你的地，我完成任務，嘛得著我欲得著的……何斌通事，你講是無？

（何斌熟練地拿出一袋銀兩。）

荷　官：（笑）何斌通事你果然是一个見過世面的人，做代誌誠乾脆，莫怪受著阮東印度公司頂司的愛戴。

何　斌：猶是需要長官你鬥牽成。

荷　官：無問題，事成了後，咱做伙去啉一杯，順紲馬殺雞，放鬆一下。

何　斌：好……咱行……去

（眾人入潘家。）

荷　官：有人佇咧無？

Dena：有啥物代誌？

荷　官：阮是欲來抾人頭稅！恁查埔人敢有佇厝？
Dena：（聽不懂）你講啥？
何　斌：（對荷官）長官，我來佮怹講。（對Dena）怹是欲來收人頭稅，叫恁頭的出來處理！
Dena：阮兜攏是查某人咧作主。
何　斌：查某人作主？你是番人！
Dena：毋是……阮……阮是對唐山過來的歹命人……
何　斌：若按呢，就叫恁查埔人出來！
Dena：（語塞）你……（忍住）潘郎，外口有荷蘭長官欲揣你……
（潘勇自草屋出。）
潘　勇：長官光臨寒舍，毋知影有啥貴事？
荷　官：抾人頭稅！
潘　勇：（聽不懂）你講啥？
荷　官：又閣是一个聽無的……何斌，你去佮怹講。
何　斌：潘勇，你莫佇遐激悾激戇。你明知影長官來遮是欲創啥物！
潘　勇：為啥物你欲幫助荷蘭人？

何　斌：這毋是今仔日的重點，緊共人頭稅交出來！

潘　勇：原來你是荷蘭人的走狗！人頭稅愈抾愈重，掠魚愛抾稅，拍獵愛抾稅，連挖礦嘛愛抾稅，這款萬稅萬萬稅的日子，叫阮欲按怎活落去……

何　斌：（假意）我是真同情恁，毋閣這就是政策，無人會當反抗。

潘　勇：若無，替我佮長官參詳，閣予我一寡時間，我一定會還錢。

何　斌：好，我替你講看覓。

（何斌對著荷官附耳密談。）

何　斌：荷官講無法度參詳，今日著愛納清所欠的稅收。

潘　勇：真是欺人太甚。

何　斌：其實我有一个辦法，只是需要你的犧牲……

潘　勇：你講看覓！

何　斌：咱來立一个契約，我替恁將一年的稅收還予清！

潘　勇：無可能，世間無遮爾好康的代誌。

何　斌：若無，你替我服勞役一年，算是還數。

（何斌當場寫下契約，契約書同步投影，其中在「不得」兩字後，何斌明顯留下一處空白，在此以〇代替空白。）

何　斌：何斌通事無償為潘勇一家還清一年的人頭稅，自立契開始，不得〇將名下所有財產讓渡予何斌。

何　斌：你看覓……你若願意，就佇這搭簽名。

潘　勇：我毋捌字……（喚小雲）小雲……

（Dena和小雲娘出。）

潘　勇：你唸這張契約予Sama聽。

小雲娘：何斌通事無償為潘勇一家還清一年的人頭稅，自立契開始，不得〇將名下所有財產讓渡予何斌。

潘　勇：何斌通事，你果然是一个情義之士。

Dena：恩公，真歹勢，請你原諒我方才的無禮。

何　斌：無要緊，潘勇，按呢你就佇這搭簽下你的名姓。

（潘勇簽下名字後，何斌趁機在「不得」下方的〇，填入「不」。）

何　斌：（笑）荷官，這塊土地已經是我的！

荷　官：來人啊！將潘家這家伙仔趕出去！

說　書：荷蘭兵欲將潘家驅離，毋過潘家煞毋知影怹已經去予何斌設計去矣，雙方扭扭掠掠，情勢十分緊張。

潘　勇：何斌，這是毋是有啥物誤會，你緊共紅毛仔解釋一下。

Dena：恩公，你緊共怹講，你連鞭就替阮還錢矣……

何　斌：（拿起契約書）恁看予詳細，契約書寫啥物，自立契開始，不得「不」將名下所有財產讓渡予何斌，所以我無需要佮恁廢話連篇！

小雲娘：當初明明就毋是按呢寫，你欺騙阮！

何　斌：是又閣按怎！來人啊……將怹趕出去……

潘　勇：真是忍無可忍，退無可退……恁莫以為阮麻豆社人好欺負！

說　書：潘勇決心欲佮這片土地共存亡，伊這擺無愛閣逃矣……伊欲做一个頂天立地，甘願斷頭，嘛無愛向頭的勇士。

（子彈貫穿潘勇的身軀，他忍住不讓自己倒下。）

潘　勇：（最後的吶喊）我……是麻豆社的勇士……

（潘勇倒落，小雲娘在旁哭喊。）

小雲娘：Sama，你精神啦，起來看我小雲……

Dena：何斌……（憤怒）恁實在傷過份矣！來……攏來……我毋驚……我是麻豆番婆，我有金光不壞之身，阿立祖會保庇我。

（子彈再度貫穿Dena的身軀，Dena應聲倒下。）

Dena：小雲，Dena以後袂當照顧你矣……無論如何，你一定愛好好活咧，為咱阿立祖留一條血脈。（向何斌求情）伊只是一个囡仔，放伊煞，算我求你……

（Dena氣絕身亡後，眾荷兵拿槍對準小雲娘。）

荷　官：你這个麻豆社的餘孽，準備受死……

何　斌：好矣！按呢就好矣！

小雲娘：何斌，莫想講你假好衰，我就會感激你，這段血海深仇，我絕對會報。

荷　官：何不趁機會掃除這个麻煩……

何　斌：一个囡仔會有啥物麻煩……將這間破草厝燒掉！

（荷兵放火燒掉草屋。）

何　斌：順紲共彼欉不祥的苦楝仔剉掉，看著誠礙目。
（荷兵砍苦楝樹。）
小雲娘：（喃喃自語）啥物攏無矣……啥物攏無矣……
何　斌：（大笑）攏無矣……咱，就會當行囉……
小雲娘：（大喊）何斌，你這个名，我會永遠記咧！
（燈光隨著苦楝樹倒下，逐漸暗去。）

334

335

第六場
雙面斌官

場景：何府／江山樓
人物：何斌、管家、石財寶、春姨、西施、含嫣、鄭泰、酒客數名
說　書：閒雲潭影日悠悠，物換星移幾度秋？目一矚，十年過去矣……何斌憑藉著伊過人的聰明才智與投資眼光，以荷蘭通譯一職，快速累積家伙，成為赤崁上蓋好額的頭人，人人尊稱伊為斌官。
管　家：頭家，差人前往泉州南安已經兩個外月矣，到今猶無阿芸小姐的下落。
何　斌：全是一寡酒囊飯桶，就算是共規的泉州反過來，嘛是愛共我揣出來。
管　家：是……（退下）
何　斌：（翻桌）無路用的跤數，揣遮濟年，揣無一个人……阿芸，你佇佗位？你在何處？當初予人看袂起的何斌，這馬已經成功矣，我已經是全赤崁上有權勢的有錢人矣……
（石財寶入，見何斌滿臉不悅。）
財　寶：是閣按怎呢？你又閣咧『冰的』矣……

何　斌：財寶，天氣燒吻吻，火氣大，只好『冰的』。

財　寶：無要緊，等一下悉你去退火……

（何斌未回應。）

財　寶：我知影你又閣為著彼个無緣的咧傷心，毋過世間花蕊滿滿是，何必孤戀一蕊花。憑你這馬的身份佮地位，欲愛啥物查某，敢驚無？

何　斌：伊佮別的女人無仝款，伊善良體貼，凡事攏先替別人設想。

財　寶：我知影啦……毋過這攏過去矣……

何　斌：過去的代誌無一定會當過去……

財　寶：無論如何你嘛一定愛過去……（頓）佮你講話實在有夠忝……我看我若無來鬆一下真正袂使。行！來去江山樓，順紲悉你去熟似我心目中的女神。

何　斌：咱做朋友十外冬矣，知影你眼光無蓋好，所以你的女神，我無興趣。

財　寶：著、著、著，就你眼光上好，按呢，這擺你愈應該來……

何　斌：按怎講？

財　寶：國姓爺鄭成功的戶官鄭泰來揣我，愛我為伊牽這條線，予恁兩个『溝通溝通』。
何　斌：講著生理，我就有興趣矣……
財　寶：伊講欲佮你合作，做一件大事業！
何　斌：（笑）石兄，你真正是我的『吉祥物』，石財寶啊石財寶，真是招財閣招寶。
說　書：江山樓內鶯鶯燕燕，鬧熱滾滾。南北兩路，各色人馬，齊聚在此，有人是尋歡，有人是揣夢，有的人只是想欲感受一寡仔溫暖。青樓少女齊扮笑，紅粉嬌娥漫步搖，千嬌百媚情意表，無數英雄盡折腰。
（舞臺盡是胭脂紅粉，送往迎來的畫面。）
財　寶：大的，你看，遮無輸天堂咧……
何　斌：有影鬧熱……
財　寶：毋知影我的女神到底佇佗位？
何　斌：毋通袂記得，正事要緊……

財寶：你實在是不解風情，只愛權勢，無愛女人。

（財寶喚媽媽桑。）

財寶：春姨仔，緊共我的 honey 叫出來！

春姨：石公子，你莫遮生狂啦，伊隨來……（端詳何斌）這位是？

財寶：春姨仔，你是真毋知，抑是佯毋知？（故弄玄虛）毋捌伊人，這馬攏無去矣……

春姨：搬厝是無？

財寶：無啦……（嚇唬）墓仔埔攏發草矣……

春姨：（撒嬌）乎！石公子，老身強欲予你驚驚死矣！七月時仔莫按呢嚇驚人啦！

何斌：你莫閣共春姨仔創治矣！

財寶：你聽予好，伊是頂港有名聲，下港上出名的荷蘭斌官——何斌通事。

春姨：唉呦，老身有眼不識泰山，毋知影佇我面前的竟然是一个大人物，歹勢啦……

何斌：無要緊……小可代誌。

財　寶：春姨仔，愛你安排的事情，你辦了按怎？
春　姨：你是講……（曖昧）『那個喔』？
財　寶：毋是啦……是鄭泰大人交代的代誌。（害羞）我佮阮honey
　　　『那個喔』……唉呦……私底下講就好。
春　姨：我春姨仔辦事絕對妥當，何斌大人、石公子，請……
（眾人下）
（鄭泰在密室等候何斌。）
西　施：我是西施，臺灣小姐第一名，目前是『口腔防癌協會的榮譽志
　　　工』。
鄭　泰：（點頭）嗯，袂穤！
含　嫣：『鄭大人，我叫做含嫣，瓊瑤偶像劇女主角，目前擔任戒煙
　　　親善大使。』
鄭　泰：（點頭）嗯，有媠！
（西施與含嫣對鄭泰撒嬌爭寵。）

西　施：鄭大人，你講，是毋是我較媠？
含　嫣：『鄭大人，人家不管啦，一定要選人家啦！』
鄭　泰：攏媠，攏佮意。
（春姨霸氣開門，刹時鴉雀無聲。）
春　姨：（裝氣質）逐家好，我叫做『小春春，世界小姐第一名，反色情公益廣告接拍中。』，恁這兩个查某共恁祖媽死出去……叫恁來伺候鄭大人，結果煞共鄭大人驚甲面仔青恂恂，予我老身真的足毋甘。
（春姨欲吃鄭泰豆腐，鄭泰迴避，春姨差點跌倒。）
春　姨：（鎮定）鄭大人對廈門一路來到遮，辛苦矣。
財　寶：（看破春姨伎倆）春姨仔，你嘛小拜託咧，莫共鄭大人這个『小鮮肉』驚著，人鄭大人猶有要事欲佮何斌大人參詳。咱出來，莫去攪擾怹，你毋我去揣阮 honey。
（春姨被財寶推出門外，臨走前仍對鄭泰喊著。）
春　姨：鄭大人，我隨來，愛等我喔……
（春姨、財寶下，鄭泰四處張望。）

何　斌：（笑）鄭泰大人，現此時已無他人，有啥代誌，但說無妨……

鄭　泰：本官是奉國姓爺口諭而來。久聞何斌通事處事幹練，進退有宜，加上對大員的政治經濟有相當的瞭解，所以國姓爺想欲請你協助伊徵收商稅。

何　斌：欲如何徵收？對象為何？

鄭　泰：國姓爺會予你一道手令，方便你替國姓爺收稅，只要欲對大員到廈門交易的所有貨船，攏愛先佇大員抾稅，等納清稅款了後，才會當憑收條出船。

何　斌：我有啥物好處？

鄭　泰：你真是一刀見骨，一點仔嘛袂囉唆！佇荷蘭人下跤做遮久的官，有啥物好處，你加減攏知，若無，一个小小通事哪有可能富可敵國。

（何斌與鄭泰對視而笑。）

何　斌：（笑）我若是替國姓爺收稅，按呢就是公然佮荷蘭人為敵。

鄭　泰：財富險中求，真濟代誌，恬恬做毋通講，才是趁錢的真道理！

何　斌：我已經是赤崁首富矣，無需要冒這个險！

鄭　泰：無人會嫌錢濟……閣再講（半威脅）雞卵囥佇仝一个籃仔，是會出代誌的，相信你應該嘛無想欲得失著國姓爺……

何　斌：（氣憤）你……（隨即軟化，笑）感謝國姓爺的賞識，下官願意粉身碎骨，以表忠誠。

鄭　泰：來，為福爾摩沙啉一杯。

（兩人乾杯，轉入第七場）

第七場 迷濛之夜

場景：江山樓後花園

人物：何斌、雲娘、春姨

說　書：曾經，何斌以為只要脫離貧賤，就會當用權勢控制一切，用錢買著所有想欲愛的物件，毋過有了權勢了後，伊煞是那來那身不由己。夜已深冷，淡薄仔酒意的何斌感覺孤單，一个人行來江山樓的後花園，忽然間，出現一陣悠婉卻使人心疼的歌聲。

（一名蒙紗的神秘女子唱歌。）

昨暝苦楝花飄零，離了樹椏失了形，
花心冷如冰，一樹淡紫夢境，怎堪好夢顛倒反。

你的身影你的面，親像海湧滾袂停，
對坐相思燈，今夜溫酒將你敬，向望結子定鴛盟。

蝴蝶夢花，花心開為誰啟，恨命底，上驚薄情人來看低，可憐花啊可憐花，淚眼相對無話，鴛鴦夢破碎難雙飛。

（何斌腳步踉蹌跌地，女子驚覺。）

雲　娘：啥物人鬼鬼祟祟覕佇遐？

何　斌：姑娘，免驚，在下只是一个過路人。

雲　娘：覕佇暗處，不行正道，一定是宵小之徒。

何　斌：我予你的歌聲所吸引，所以才會不知不覺來到此地。

雲　娘：江山樓處處皆是天花亂墜之人，聽真濟矣……

何　斌：我講的是實話，對你講白賊，我嘛無好處！

（何斌把雲娘從頭到腳打量一番。）

雲　娘：你敢毋知影對一个查某囡仔金金看，是一層真失禮的代誌？

何　斌：（自顧自地）你有一雙佮阿芸仝款的大跤。

雲　娘：大跤又閣按怎？阮出身輕賤，本來就是歹命人，歹命人是無資格縛跤的。

何　斌：自然才是真正的媠。

雲　娘：你真是偽君子，女人會縛跤，嘛是恁遮的男人害的。

何　斌：這哪會當怪對男人身上？
雲　娘：縛跤是為著欲滿足恁遮查甫人愛看阮女人搖搖擺擺，看來軟汫的奇怪心態。
何　斌：你的想法真特別，佮其他女人無仝。
雲　娘：雖然每一个女性攏是獨一無二，毋過怹攏希望有一个人會當理解伊的心，牽伊的手。
何　斌：這種向望，是無分男女的。
雲　娘：可惜我身陷煙花池，每工看著的攏是輕薄之徒……
何　斌：環境總是使人身不由己，你的心情，我會當體會……
雲　娘：（試探）連公子遮爾有身份地位的人，也會身不由己？
（何斌大笑，帶過話題。）
何　斌：莫閣講遮無意義的話題。盈暗咱講話誠投機，毋知敢有這个榮幸做姑娘的知己？
雲　娘：知己？來江山樓的大爺，每一个攏是阮的知己。
何　斌：姑娘無必要看輕自己，借問姑娘怎樣稱呼？
雲　娘：阮叫做雲娘，公子你咧？

何　斌：我……我叫做何文武。
（兩人沈默對看，春姨突然闖入。）
春　姨：奇怪，是按怎兩个人恬恬徛佇遐，袂輸兩仙柴頭尪仔。
（春姨靠近，像是被電到。）
春　姨：夭壽喔！哪會漏電，而且閣是220的！莫非這就是愛情？
（春姨自我陶醉半晌後，自動恢復正常。）
春　姨：何斌大人，我佮石公子規个江山樓揣透透，就是揣無你，原來
　　　你佇遮佮阮雲娘約會。
何　斌：春姨，你記毋著人矣，我是何文武。
春　姨：奇怪，你明明就是何斌大人啊！啥物時陣改名叫做何文武？
（何斌暗示春姨閉嘴，但春姨仍不懂其意。）
春　姨：你的手是按怎，糾筋是無……
何　斌：好矣……好矣……你先落去，我隨來。
春　姨：較緊咧，逐家攏咧等你……（下）
何　斌：真歹勢，文武在此向姑娘道歉，予你看笑話矣……姑娘應該愛
　　　歇睏矣，何某他日再訪，請了。

雲　娘：公子請……

（何斌下。）

雲　娘：何斌、何文武，文武、斌……（意會過來）原來你就是滅我族、刣死我雙親的仇人何斌……Sama、Dena，我總算揣到咱的冤仇人矣，我絕對欲用伊的血祭拜恁，以慰恁在天之靈！

（天空打了一個悶雷，燈暗。）

348

349

第八場
愛恨交織

場景：江山樓
人物：何斌、雲娘、石財寶、春姨、酒客數名

說　書：商場如戰場，人心隔肚皮，何斌以精明的頭腦，周旋佇荷蘭人佮國姓爺鄭成功的權力競爭之中，伊一步棋，一步著，凡事小心為要。佇你鬼我怪的商場裡，無真正的朋友，唯有一工比一工累積閣較濟的財產，何斌才有安全感。

財　寶：這江山樓的水酒特別好啉，姑娘仔特別迷人，連阮這个不近女色的大的三不五時就來遮開會。

酒客1：各位兄弟，盈暗這條算我的。斌官人實在有夠好，家己食肉，閣會記得留寡湯分予兄弟仔啉。

酒客2：斌官是國姓爺佇臺灣的唯一代表，我會當綴佇斌官身軀邊鬥收稅，實在足奢颺。

酒客3：若拄著納袂出稅金的船家，咱就趁機會放重利，趁予油洗洗。

財　寶：咱大的實在有夠勢鰻鑽，若毋是拄著大的這个貴人，這馬的我凡勢閣咧替荷蘭人做車伕，哪有這个心命駛『運鈔車』。

何　斌：（笑）感謝各位兄弟鬥相共，何某敬各位。
財　寶：春姨仔，叫雲娘唱一條仔歌予逐家鼻香。
春　姨：雲娘講伊無爽快，不便會客，（撒嬌）若無，就由老身仔出馬
　　唱予恁聽。
財　寶：你這狗聲乞食喉，敢會聽得？
酒客1：毋捌看過歌妓遮爾囂俳的！
酒客2：春姨仔，你緊共雲娘叫出來！
何　斌　恁不准對雲娘姑娘無禮！
財　寶：大的教示了著，眾兄弟，對雲娘姑娘愛有禮貌。盈暗逐家啉予
　　歡喜，毋過酒啉了後是毋通駛車喔……
酒客3：無要緊，無聽歌無差！（抱著歌女）有恁我就飽閣醉矣……
（酒客與歌女追逐下場，只留下石財寶。）
何　斌：財寶，你是毋是有啥物話欲對我講？
財　寶：我……哪有……大的，我無啦……
何　斌：咱是好兄弟，有啥物代誌做你講！
財　寶：我……（猶豫後）也好啦……早講晏講嘛是愛講。咱替國姓爺

收稅的代誌，已經傳到荷蘭人的耳空矣。
何　斌：啥物！哪會按呢？咱一向真細膩啊……
財　寶：鴨卵較密嘛有縫，這馬案件已經送入去法院矣……大的，莫拖我落水，我無想欲閣過較早彼款艱苦的日子。
何　斌：財寶，你放心，我會一个人擔起來，絕對袂拖累你。這杯酒啉落去，咱就是生份人矣……
（何斌與財寶對飲後，財寶下，獨留何斌。）
何　斌：哈……果然無毋著，這世間攏是錢咧做人，啥物道義，啥物義氣，攏是假的，有困難的時，朋友走若飛。
（何斌走至後花園，見雲娘背向自己。）
何　斌：這个背影哪會遮熟似，你到底是阿芸，抑是雲娘？
何　斌：阿芸，這十幾冬來一直揣無你……你好無？
何　斌：原來是雲娘你……
（雲娘轉身。）
雲　娘：哼！你這个跤踏雙船的採花蜂，啥是阿芸……
何　斌：你莫誤會，伊是我有緣無份的某囝，自細漢做伙大漢的。

雲　娘：你這个惡魔假書生的雙面刀鬼，我看清你的真面目矣……

何　斌：毋是你想的按呢，我揣伊十外冬矣，有緣揣甲無份。自從第一擺見著你，我才知影啥物叫做姻緣天注定。我對伊是責任，對你才是愛情。

雲　娘：真好笑，講的全是醉話……

何　斌：醉話才是真心話，我願意用我這世人的成功，換取愛你的機會。

（何斌逐漸醉倒在地。）

雲　娘：原來你的內心藏遮濟祕密，才會不擇手段想欲成功，毋過為啥物你欲叫做何斌？（內心糾結）你敢知影，就是因為你是何斌，所以我這雙手，是永遠無法度佮你牽做伙。

第九場
豪賭一場

場景：江山樓／臺海戰場

人物：何斌、財寶、雲娘、荷指揮官、荷兵數名、鄭成功、鄭軍數名

說　書：生理場上不可一世的何斌，內心卻是滿腹的空虛佮傷痕，伊滿身帶刺，隨時提防別人，也將家己摔入孤獨的絕境。唯有佇雲娘身邊，伊才感覺著淡薄仔溫暖。毋過雲娘敢毋是嘛按呢？伊揹著滅門的深仇大恨，內心痛苦無人可說，面對何斌，有時恨入骨，有時愛入心，彼種愛佮恨共生的矛盾感一直佇伊的內心扭搝。

（A場景）

何　斌：荷蘭的法院判決書已經落來，毋但取消我何斌通事一職，佮我漢人領袖的資格，閣抽我龍筋，將赤崁到大員對渡船隻的所有利益全部沒收，真是欺人太甚，我何斌應該如何解決？

（B場景）

雲　娘：何斌現此時予紅毛仔逼到絕境……哼！想袂到你也有這款下場。

（A場景）

何　斌：我散盡家財無要緊，毋過從今以後我欲如何照顧雲娘？紅毛仔，恁真殘忍，全無帶念我的汗馬之勞，恁全是一陣橋一過，拐仔就放掉的忘恩之人。

（B場景）

雲　娘：著！我會當利用何斌，來一个弄狗相咬的計謀，到時一定會猴咬猴，狗咬狗，猴去，狗也走！

（A場景）

何　斌：啥物？恁竟然閣下令通緝我？袂使！恐驚雲娘嘛會受我連累，我必須愛烝伊離開！

（B場景）

雲　娘：雲娘總算等著這个報仇的機會矣……Sama、Dena，請恁保庇雲娘，予這擺的計謀成功，趕走荷蘭人，以報滅族之恨……

（何斌與雲娘同一空間。）

何　斌：雲娘，緊，包袱仔款款仔，咱緊來走！

雲　娘：為啥物欲走？

何　斌：我已經予荷蘭人通緝矣，家財也愛充公，所以我欲悉你離開……

雲　娘：欲走去佗位？

何　斌：世界遮爾大，總有咱兩人容身之處。

雲　娘：雲娘父母早亡，自細漢就佇江山樓大漢。雲娘痛恨漂浪的生活，只求有一雙溫暖的手，一个厚實的胸崁，陪我度過平凡安穩的一生。如今你叫我佮你做一對亡命鴛鴦，雲娘實在無勇氣。

何　斌：這……

雲　娘　閣再講，你敢願意隱姓埋名一世人？猶閣有，你這世人奮鬥的財產與地位，敢願意就按呢白白消失？

何　斌：唉……事到如今，我嘛身不由己……

雲　娘：我有一个妙計，只是驚你貪生怕死，毋願意去做？

何　斌：有何妙計？

雲　娘：聽講國姓爺對治理大員有相當的興趣，你不如趁荷蘭人共你的財產充公進前，將你手中彼張水師圖獻予國姓爺，一來藉著國姓爺的軍力，趕走荷蘭人，二來也會當保全你的財產。

何　斌：如此一來，我就是正式佮荷蘭人拆破面……萬一國姓爺攻袂入來，我毋就必死無疑？

雲　娘：人生這場筊局，無永遠的贏家。雲娘一生上欣賞的男人就是有膽識之士，而非軟弱小輩，所以當你獻水師圖予國姓爺的彼一刻，我就是你的某囝。

何　斌：好！雲娘，你等我……

（舞臺切割為雙畫面，上舞臺為鄭成功與荷蘭人交戰場，下舞臺為何斌與雲娘對奕場。）

（上舞臺）

荷　官：何人叩關鹿耳門？

鄭　氏：吾乃明朝國姓爺鄭成功……此次前來，就是欲收復我大明國土。

荷　官：笑死人，恁唐山人永遠以海為界，只要是海外，就予恁當作

鄭　氏：無受重視的化外之地，這馬走投無路矣，煞顛倒欲來收復國土？（見笑轉受氣）廢話減講！眾官兵，殺……

（下舞臺）

何　斌：這馬雙車馬炮對雙車雙馬兵，你看啥物人較有贏面？

雲　娘：無行到最後，無人知影結果！

何　斌：烏包回拍兵。

（上舞臺，兩軍對峙狀態，荷軍顯敗勢。）

荷　官：恁哪會遮爾了解鹿耳門的水路……

鄭　氏：因為恁荷蘭通事何斌送予我天大的禮物，水師圖！

荷　官：何斌，你這个西瓜倚大爿的走狗！鄭成功的軍力傷強，咱官兵死傷無數，趕緊收兵，走……

鄭　軍：國姓爺，咱贏囉……

鄭　氏：眾將聽令，向熱蘭遮城前進，直取大員！

（下舞臺）

雲　娘：你行毋著一步棋矣……

何　斌：是你看無詳細……（大笑）我贏矣……

第十場
兩敗俱傷

場景：江山樓

人物：雲娘、何斌、媒婆、轎夫、民眾數名、薛丁山與樊梨花、潘勇、Dena、小雲

（花轎隊伍熱鬧經過，民眾1向大家通風報信。）

民眾1：赤崁發生大代誌矣……

群　眾：啥物大代誌？

民眾1：咱漢人的首領何斌大人欲娶某矣……

群　眾：敢有影？

民眾1：聽講娶的是江山樓的雲娘……

民眾2：我毋知影何斌大人嘛佮我咧搶菜……

民眾3：莫怪何斌大人特別請戲三工，咱逐家做伙來去看鬧熱。

（戲臺演出《薛丁山與樊梨花》，觀眾叫好，突然演員邊打邊下臺。）

民眾1：哪會遮緊就煞戲矣，演員是走去佗位，咱綴來去看覓……

說　書：雲娘以情熬出摻毒的蜜醬，不斷飼養何斌，何斌愛甲起狂，

甘願為伊生、為伊死，雲娘用情操弄何斌的同時，嘛不知不覺身陷情海之中，不可自拔。

雲　娘：（感傷）外口實在真鬧熱！

何　斌：真是圓滿的結局，大員政權總算落在漢人的手中，我原本的錢財一仙嘛無了，上蓋重要的是我會當娶著雲娘你囉……

雲　娘：你答應我的彼欉苦楝樹佇佗位？

何　斌：自從熟似你的頭一工，我就將一欉老苦楝挖來，種佇我的後花園……毋過世間樹種遮爾濟，你哪會特別愛苦楝樹？

雲　娘：苦楝只因為伊的名佮可憐誠仝音，就愛遭受不白之冤，任人蹧躂，就親像這塊土地仝款！

何　斌：莫講這種捎無摠的話，我聽無？

雲　娘（突然激動）掠奪者是無法度體會的！

何　斌：雲娘你今仔日是按怎？

雲　娘：無啦……看你甘願為我付出一切，我傷過感動矣……

何　斌：今日過後，咱就互為牽手矣，來，咱來啉一杯……

（何斌欲飲酒，雲娘突然阻止。）

雲　娘：小等一下……

何　斌：是按怎？

雲　娘：無，只是想欲佮你加講寡話……

何　斌：今仔日的你特別無仝？

雲　娘：我想欲共你講一个故事，一个十外冬前的故事。

（回憶場：重現何斌滅小雲娘家之場面。）

（過去的潘勇、Dena、小雲娘與何斌逐一出現。）

（子彈貫穿潘勇的身軀，他忍住不讓自己倒下。）

潘　勇：（最後的吶喊）我……是麻豆社的勇士……

Dena：（憤怒）恁攏來……攏來……我毋驚……我是麻豆番婆，我有金光不壞之身，阿立祖會保庇我。

（子彈貫穿Dena的身軀，Dena應聲倒下。）

（燈光轉換，回到現實場。）

何　斌：你是？

雲　娘：我就是當初時彼个小雲……

何　斌：雲娘……我，我對不起你……

雲　娘：為啥物是你？為啥物！

何　斌：我願意用我的性命來贖罪！

雲　娘：蒼天啊……為何欲按呢創治我……

何　斌：是我毋好，我該死！

雲　娘：著！是你毋好，你該死，毋過我的心哪會遮爾痛……（頓）事到如今，只有按呢，才會當了斷這一切……

（雲娘將酒一飲而盡，瞬間腹痛難耐。）

何　斌：雲娘，你是按怎？啊……這杯酒有毒？

雲　娘：（狂笑）予你生不如死，一世人活佇後悔之中，這才是對你上大的懲罰。我接近你只是想欲借你的手除掉荷蘭人，我對你只是虛情假愛……

何　斌：雲娘，莫閣講矣……你若愛我的命，我隨時攏會當予你，你無需要犧牲你自己，你傷過頭戇矣……

雲　娘：何郎，我感覺足冷足冷……

何　斌：雲娘，毋免驚，我會共你攬牢牢，絕對袂放手。

雲　娘：天……是毋是欲暗矣？

何　斌：雲娘……咱來轉，我𤆬你轉厝。

雲　娘：你種的彼欉苦楝樹敢欲開花矣？

何　斌：閣等一个月，花就開矣……

雲　娘：我應該是看袂著矣……

（雲娘吐血身亡。）

何　斌：（吶喊）雲娘……

（雲娘的歌聲若有似無地迴盪著。）

364

365

終場
情鎖迷圖

場景：何宅

人物：何斌、押解官、小兵兩名、管家、雲娘

何　斌：飛鳥盡，良弓藏；狡兔死，走狗烹。想袂到我何斌一生精算，煞算袂著今仔日這款的場面……

（何斌將鑰匙交給管家。）

何　斌：我的人生只賭這支鎖匙矣……這馬交代予你，國姓爺若欲啥物，就予伊啥物，攏無要緊，上重要的是後花園彼欉苦楝樹，無論如何，一定袂當倒……

（何斌望向那棵苦楝樹。）

何　斌：雲娘，你敢有看著，苦楝已經開花矣……

（燈光漸收，幽暗中，何斌彷彿看見雲娘在唱歌。）

昨暝苦楝花飄零，離了樹椏失了形，
花心冷如冰，一樹淡紫夢境，怎堪好夢顛倒反。

你的身影你的面，親像海湧滾袂停，
對坐相思燈，今夜溫酒將你敬，向望結子定鴛盟。
蝴蝶夢花，花心開為誰啟，恨命底，上驚薄情人來看du低，
可憐花啊可憐花，淚眼相對無話，鴛鴦夢破碎難雙飛。
（何斌跳井遁逃，押解官入內，發現何斌消失，吆喝眾人尋找。）
蝴蝶弄花，花身殘飄落地，恨情短，上驚採花蜂來交陪，
可憐花啊可憐花，面紗掩崁虛假，難算計恩怨心癡迷。
蝴蝶戀花，真情愛欲佗揣，恨暝短，上驚青春夢來拍醒，
苦戀花啊苦戀花，勇敢去愛無罪，用真心換山盟佮海誓。
苦戀花啊苦戀花，勇敢去愛無罪，蝶戀花牽手伴雙飛。

（管家打掃滿地的落花。）

說　書：利市三倍政商通，千金難買愛意濃；
　　情鎖迷圖人何往？回首前塵已滄桑。

劇終

368

369

亂世英雄傾國淚

臺南作家作品集 68（第十輯）
05　亂世英雄傾國淚

作者　陳崇民
總監　葉澤山
編輯委員　呂興昌　李若鶯
陳昌明　陳萬益　廖淑芳
行政編輯　何宜芳　陳慧文　申國艷
社長　林宜澐
總編輯　廖志墭
編輯　林廷璋（橡樹文庫）
封面設計　陳文德
內文排版　Aoi Wu

出版　臺南市政府文化局
地址　永華市政中心　70801 臺南市安平區永華路 2 段 6 號 13 樓
民治市政中心　73049 臺南市新營區中正路 23 號
電話　06-6324453
網址　http：// culture.tainan.gov.tw

出版　蔚藍文化出版股份有限公司
地址　10667 臺北市大安區復興南路二段 237 號 13 樓
電話　02-22431897
臉書　https://www.facebook.com/AZUREPUBLISH/
讀者服務信箱　azurebks@gmail.com

總經銷　大和書報圖書股份有限公司
地址　24890 新北市新莊市五工五路 2 號
電話　02-8990-2588

法律顧問　眾律國際法律事務所
著作權律師　范國華律師
電話　02-2759-5585
網站　www.zoomlaw.net

印刷　世和印製企業有限公司
定價　新臺幣 420 元
初版一刷　2021 年 5 月

GPN：1010901854 | 臺南文學叢書 L140 | 局總號 2020-596

國家圖書館出版品預行編目 (CIP) 資料

亂世英雄傾國淚 / 陳崇民著 . -- 初版

-- 臺北市：蔚藍文化出版股份有限公司；臺南市：臺南市政府文化局，2021.05

面；　公分 . --（臺南作家作品集 . 第十輯；5）　ISBN 978-986-5504-24-3(平裝)

863.54　　10901805

臺南作家作品集全書目

●第一輯				
1	我們	・黃吉川 著	100.12	180 元
2	莫有無一心情三印一	・白 聆 著	100.12	180 元
3	英雄淚一周定邦布袋戲劇本集	・周定邦 著	100.12	240 元
4	春日地圖	・陳金順 著	100.12	180 元
5	葉笛及其現代詩研究	・郭倍甄 著	100.12	250 元
6	府城詩篇	・林宗源 著	100.12	180 元
7	走揣臺灣的記持	・藍淑貞 著	100.12	180 元
●第二輯				
8	趙雲文選	・趙雲 著 ・陳昌明 主編	102.03	250 元
9	人猿之死一林佛兒短篇小說選	・林佛兒 著	102.03	300 元
10	詩歌聲裡	・胡民祥 著	102.03	250 元
11	白髮記	・陳正雄 著	102.03	200 元
12	南鵲是我，我是南鵲	・謝孟宗 著	102.03	200 元
13	周嘯虹短篇小說選	・周嘯虹 著	102.03	200 元
14	紫夢春迴雪蝶醉	・柯勃臣 著	102.03	220 元
15	鹽分地帶文藝營研究	・康詠琪 著	102.03	300 元
●第三輯				
16	許地山作品選	・許地山 著 ・陳萬益 編著	103.02	250 元
17	漁父編年詩文集	・王三慶 著	103.02	250 元
18	烏腳病庄	・楊青矗 著	103.02	250 元
19	渡鳥一黃文博臺語詩集 1	・黃文博 著	103.02	300 元
20	噍吧哖兒女	・楊寶山 著	103.02	250 元
21	如果 ・ 曾經	・林娟娟 著	103.02	200 元
22	對邊緣到多元中心：台語文學 ê 主體建構	・方耀乾 著	103.02	300 元
23	遠方的回聲	・李昭鈴 著	103.02	200 元
●第四輯				
24	臺南作家評論選集	・廖淑芳 主編	104.03	280 元
25	何瑞雄詩選	・何瑞雄 著	104.03	250 元

26	足跡	・李鑫益 著	104.03	220 元
27	爺爺與孫子	・丘榮襄 著	104.03	220 元
28	笑指白雲去來	・陳丁林 著	104.03	220 元
29	網內夢外—臺語詩集	・藍淑貞 著	104.03	200 元
●第五輯				
30	自己做陀螺—薛林詩選	・薛林 著 ・ 龔華 主編	105.04	300 元
31	舊府城 ・ 新傳講 —歷史都心文化園區傳講人之訪談札記	・蔡蕙如 著	105.04	250 元
32	戰後臺灣詩史「反抗敘事」的建構	・陳瀅州著	105.04	350 元
33	對戲，入戲	・陳崇民著	105.04	250 元
●第六輯				
34	漂泊的民族 - 王育德選集	・王育德原著 ・ 呂美親 編譯	106.02	380 元
35	洪鐵濤文集	・洪鐵濤原著 ・ 陳曉怡 編	106.02	300 元
36	袖海集	・吳榮富 著	106.02	320 元
37	黑盒本事	・林信宏 著	106.02	250 元
38	愛河夜遊想當年	・許正勳 著	106.02	250 元
39	台灣母語文學：少數文學史書寫理論	・方耀乾 著	106.02	300 元
●第七輯				
40	府城今昔	・龔顯宗 著	106.12	300 元
41	台灣鄉土傳奇 二集	・黃勁連 編著	106.12	300 元
42	眠夢南瀛	・陳正雄 著	106.12	250 元
43	記憶的盒子	・周梅春 著	106.12	250 元
44	阿立祖回家	・楊寶山 著	106.12	250 元
45	顏色	・邱致清 著	106.12	250 元
46	築劇	・陸昕慈 著	106.12	300 元
47	夜空恬靜一流星 台語文學評論	・陳金順 著	106.12	300 元
●第八輯				
48	太陽旗下的小子	・林清文 著	108.11	380 元
49	落花時節 - 葉笛詩文集	・葉笛 著 ・葉蓁蓁 葉瓊霞編	108.11	360 元
50	許達然散文集	・許達然 著 莊永清 編	108.11	420 元

51	陳玉珠的童話花園	·陳玉珠 著	108.11	300 元
52	和風 人隨行	·陳志良 著	108.11	320 元
53	臺南映像	·謝振宗 著	108.11	360 元
54	【籤詩現代版】天光雲影	·林柏維 著	108.11	300 元
●第九輯				
55	黃靈芝小說選（上冊）	·黃靈芝 原著 ·阮文雅 編譯	109.11	300 元
56	黃靈芝小說選（下冊）	·黃靈芝 原著 ·阮文雅 編譯	109.11	300 元
57	自畫像	·劉耿一 著 ·曾雅雲 編	109.11	280 元
58	素涅集	·吳東晟 著	109.11	350 元
59	追尋府城	·蕭文 著	109.11	250 元
60	台江大海翁	·黃徙 著	109.11	280 元
61	南國囡仔	·林益彰 著	109.11	260 元
62	火種	·吳嘉芬 著	109.11	220 元
63	臺灣地方文學獎考察 ——以南瀛文學獎為主要觀察對象	·葉姿吟 著	109.11	220 元
●第十輯				
64	素朴の心	·張良澤 著	110.05	320 元
65	電波聲外文思漾 ——黃鑑村文學作品暨研究集	·顧振輝 著	110.05	450 元
66	記持開始食餌	·柯柏榮 著	110.05	380 元
67	月落胭脂巷	·小城綾子（連鈺慧）著	110.05	320 元
68	亂世英雄傾國淚	·陳崇民 著	110.05	420 元